젊은 학자
Der junge Gelehrte

젊은 학자

Der junge Gelehrte

고트홀트 에프라임 레싱 지음 | 정민영 옮김

차례

일러두기

각주는 모두 옮긴이 주이며, 그중 인물 대사의 라틴어나 그리스어를 번역한 각주는 *Lessings Werke*, hrsg. v. Kurt Wölfel in 3 Bänden, Bd. 1, Frankfurt a. M. 1967. 해설 부분을 참고하여 우리말로 옮겼다.

등장인물

크리잔더 Chrysander, 늙은 상인

다미스 Damis, 젊은 학자, 크리잔더의 아들

팔러 Valer

율리아네 Juliane

안톤 Anton, 다미스의 하인

리제테 Lisette

무대는 다미스의 연구실

1막

1장

다미스(책들이 쌓여있는 책상에), 안톤

다미스 우편물 아직 안 왔어?

안톤 네.

다미스 아직 안 왔어? 제대로 알아본 거야? 베를린에서 온 우편물이 -

안톤 아, 그럼요, 베를린에서 온 우편물요, 그거 아직 안 왔어요! 그게 바로 안 와서 죽어라 뛰어다녔잖아요. 그걸, 누가 뭘 알겠나, 가져다 바칠 것처럼 구시네! 확실한 건, 기껏 온다고 해 봤자, 그건 새로 나온 시시한 책이거나, 아니면 신문, 또 아니면 휴지 조각이거나 --

다미스 아냐, 안톤, 이번엔 좀 다른 거야. 에휴, 네가 뭘 알겠니 --

안톤 제가 뭘 알려고 한답니까? 알아봤자 제가 또 도련님을 비웃는 데 말고는 아무 도움도 안 되겠죠. 그게 뭐 드문 일입니까? -- 하여튼 절 어딘가 보내실 일이 있나요? 그러지 않아도 시청 지하 식당에 볼일이 좀 있습니다. 혹시 중요한 일이라도? 그러면?

다미스 (화를 낸다) 아냐, 이 개자식!

안톤 또 시작이시네! 도련님은 책이란 책은 다 읽으셨는데, 예절 책만 빼고 -- 잘 생각해 보세요. 서점에 그런 책은 안 판답니까?

다미스 안 팔아, 개자식아!

안톤 그 개자식이란 말을 하도 자주 들어서 나중엔 그게 제 세례명인 줄 알겠어요 -- 차라리 제본쟁이는?

다미스 닥쳐, 안 그러면 --

안톤 아니면 인쇄쟁이라 하시죠. 이 세 가지 중에, 어이구, 제가 뭔지 갈팡질팡합니다.

다미스 이 거지 놈이, 나 지금 책 읽는 거 안 보여? 이놈이 날 계속 방해할 셈이야?

안톤 (혼잣말로) 쯧! 정말 화가 났군. 참아라, 안톤. -- 그런데 무슨 책을 읽고 계십니까? 아니, 이게 뭐야! 이걸 알아보십니까? 이런 지렁이 같은 글씨를, 이런 끔찍한 꼬부랑 글씨를, 이런 걸 읽을 수 있어요? 적어도 그게 파우스트의 마법 책이 아니라면 — 에휴, 모든 걸 배우려 하는 사람들이 어떻게 사는지 잘 알아요. 결국엔 악마가 그런 사람들을 유혹해 요술을 배우게 만들죠.

다미스 (다시 쾌활한 기분이 되어) 착한 안톤! 이건 히브리어로 된 책이야. -벤 마이몬[1]이 쓴 〈Jad chasaka[2]〉란 책이지.

---

1 Moshe ben Maimon(1135~1204). 랍비. 중세 유대 철학자.

2 '강한 손'이라는 뜻이다.

안톤 네, 그런데 누가 그 책을 믿으려 했겠습니까! 히브리어가 뭔지 나도 잘 알죠. 근원이 되는 언어거나 글로만 쓰이는 언어거나 복음어 같은 거 아닙니까? 제가 학교 다닐 때 우리 목사님이 강단에서 그 언어를 여러 번 내뱉었는데. 하지만 정말이지, 목사님은 그런 책을 갖고 있지 않았어요. 전 목사님이 가진 책을 몰래 다 봤어요. 언젠가 한번 목사님이 책들을 한쪽 바닥에서 다른 쪽 바닥으로 치우는 걸 도와드려야 했거든요.

다미스 하! 하! 하! 그럴 수도 있지. 시골 성직자가 그 이름만 알아도 놀랄 일이지. 우리끼리 얘기지만, 안톤, 성직자란 학식에 있어선 정말 내세울 게 없어.

안톤 에, 에, 모두가 다 그런 건 아니겠죠. 제가 살던 마을에 그 석사는 최소한 예외예요. 분명해요! 교장 선생님이 제게 여러 번 말했거든요, 그 사람은 진짜 학식 있는 사람이라고. 전 교장 선생님을 믿을 수밖에 없어요, 왜냐하면 목사님이 자주 말씀하셨듯이 그분은 나쁜 교장이 아니니까요. 그 석사분은 라틴어 단어도 이해하고 판단할 수 있어요.

다미스 재밌네! 그러니까 교장은 목사를 칭찬하고, 목사는 고마워서 교장을 칭찬하고. 우리 아버지가 거기 있었다면 분명히 이렇게 말했을 걸. "Manus manum lavat."[3] 기회 있을 때마다 아버지가 라틴어 쪼가리를 섞어 말하는 그 멍청한 버릇을 넌 눈치채지 못했니? 그 늙은 멍청이는 이렇게 학식 있는 아들이 있으니 자기도 학교를 나왔다는 걸 보여 줘야 한다고 생각하는 거지.

안톤 저도 그게 좀 멍청해 보인다고 생각했죠. 그분은 말하는 도중에 저

3 백지장도 맞들면 낫다.

는 한 마디도 알아들을 수 없는 말을 이따금 중얼거리곤 하시니까요.

다미스 그래도 네가 이해하지 못하는 모든 게 다 멍청하다고 생각하진 말아라. 굳이 그렇지 않아도 난 수많은 멍청한 것들을 알게 될 거야. -- 하지만 학식이란 얼마나 신성하냐, 널 소유하고 있는 유한 존재가 네게 얼마나 많은 빚을 지고 있는지! 널 알고 있는 사람이 네 주변에 거의 없다는 게 얼마나 비참한 일이냐! 신학자는 한 보따리 복음이나 끔찍한 이야기를 지껄이고 몇몇 역겨운 수사를 늘어놓으며 널 소유하고 있다고 믿지. 법학자는 사멸한 국가의 사용 불가능한 법을 공정과 이성이 불리하게 작용하도록 왜곡하고, 끔찍한 언어로 끔찍한 판결을 내리는 사악한 능력이 있고. 의사란 건 수많은 야만스런 말로 건강한 사람들을 병들게 하고 병자들을 더 아프게 만들면서 실제로 널 마음대로 다뤄도 된다고 믿고 있어. 그런데도, 오, 기만당한 바보들! 진실은 너희들이 진실을 욕보이게 오래 놓아두지 않을 거야. 너희 지식이 얼마나 부족한지 스스로 깨닫는 기회가 올 것이다. 너흰 어리석은 교만으로 가득 차 인간의 모든 인식을 너희만의 인식에 따라 판단하고 있고, 유한한 모든 존재들이 한탄하는 듯한 어조로 이렇게 소리치고 있지. 우리의 지식이란 불완전한 거야. 그런데, 내 말 믿어, 안톤. 인간은 어쨌든 일반적인 인식 능력이 있지. 그걸 부정한다는 건 자신의 게으름이나 자신의 재능이 특별하지 않다는 걸 자백하고 있다는 의미야. 몇 년이 지난 후에 내가 얼마나 많은 걸 이해하고 있을지 생각해 보면, 난 이 진실에 더 확신을 갖게 될 거야. 라틴어, 그리스어, 히브리어, 프랑스어, 영어, 이탈리아어 — 이건 내가 완벽하게 점령한 여섯 개 언어지. 난 이제 겨우 스무 살인데!

안톤 잠깐만요! 한 가지를 잊으셨죠, 독일 --

다미스 그렇구나, 안톤. 그러면 일곱 개다. 난 이제 겨우 스무 살인데!

안톤 피, 하지만 도련님, 도련님은 절, 아니면 도련님 자신을 우롱하고 계십니다. 하여튼 도련님은 그래도 도련님 학식에 계산해 넣지 않은 독일어를 하실 수 있게 되겠죠? 진심은 아니었어요. --

다미스 그러면 넌 독일어를 할 수 있다고 생각하냐?

안톤 제가요? 제가요? 독일어를 못 한다니요! 제가 몽골 유목민 말을 한다면 그건 건방 떠는 빌어먹을 일이겠죠, 뭐 잘 모르겠네요.

다미스 할 수 있다와 할 수 있다 사이에도 차이가 있지. 너는 독일어를 할 수 있다, 이건 네가 네 생각을 독일인이 이해하는 여러 가지 말로 표현할 수 있다는 뜻이지. 이건 그 여러 가지 말이 네가 가진 생각을 그 독일인의 내면에 일깨워 준다는 뜻이야. 하지만 독일어를 할 줄 모른다, 이건 네가 그 언어에서 뭐가 천하거나 저속한지, 뭐가 거친지 또 뭐는 받아들일 만한지, 뭐가 불분명한지 아니면 이해할 만한지, 뭐가 낡았는지 아니면 지금도 통용되는지 모른다는 뜻이지. 넌 언어의 규칙을 몰라, 넌 언어에 대해 배운 지식이 아무것도 없다는 거지.

안톤 학자들은 뭔가 꾸며서 믿게 만들려고 하지는 않겠죠! 그런데 모든 게 도련님이 말하시는 "이건 ~뜻이지"란 말에 달려 있다면, 제 생각엔, 제가 밥을 먹을 수 있다란 것도 부정하실 것 같은데요.

다미스 밥 먹는 거? 실제로, 내가 제대로 하려고만 하면 넌 밥을 먹을 수 없지.

안톤 제가요? 제가 밥을 먹을 수 없다고요? 그러면 마실 수도 없겠네요?

다미스 너는 밥을 먹을 수 있다, 이건 네가 음식물을 잘게 썰어서 입에 넣고, 씹어서 삼킨다, 등등, 그 뜻이지. 너는 밥을 먹을 수 없다, 이건 그 작용이 일어나는 역학 법칙을 네가 모른다는 뜻이지. 이건 그때 어떤 근육 기능이 각각 작용하는지 네가 모른다는 뜻이야. 턱두힘살근인지, 깨

물근인지, 내익상근인지, 외익상근인지, 광대근, 아니면 광경근인지 --

안톤 아이구, 인지, 인지! 제가 알고 싶은 유일한 "~인지"는 이런 거예요. 제 위에 그래서 뭐가 남았는지, 또 음식이 제 입맛에 맞는지 - 그건 그렇고 이젠 다시 그 언어 얘기로 돌아가죠. 도련님은 도련님이 모르는 어떤 언어를 제가 안다고 믿으세요?

다미스 네가? 내가 못 하는 언어를?

안톤 예, 한번 맞춰 보세요.

다미스 콥트어 할 줄 알아?

안톤 콥트어요? 아뇨, 그건 할 줄 모르죠.

다미스 중국어? 말라바르어? 내가 어떻게 알아.

안톤 그렇게 못 맞추시다니. 제 사촌 못 보셨나요? 이 주 전에 저한테 왔었잖아요. 걔는 바로 그 언어밖에 못해요.

다미스 얼마 전에 나한테 왔던 랍비가 그럼 네 사촌 아니었나?

안톤 제가 유대인이 아니라면! 제 사촌은 벤트족이었어요. 그래서 전 벤트어를 할 수 있죠, 도련님은 못 하시죠.

다미스 (깊이 생각하면서) 이놈 말이 맞네. - 내 하인이 내가 못 하는 언어를 안다고? 게다가 그런 주요 언어를? 그 언어가 히브리어와 상당히 가깝다는 게 기억나.[4] 히브리어에선 사라졌지만 벤트어에서 내가 발견할 수 있는 어간어가 얼마나 많을지 누가 알겠나? -- 그게 머릿속에서 막 돌아가기 시작하는군.

안톤 보세요! - 이걸 아십니까? 제 봉급을 두 배로 올려 주시면 그 언어

---

4 다미스는 무의미한 생각을 하고 있다. 18세기에 언어의 친족 관계를 찾는 일은 학자들이 즐겨한 일이었으나 학문적이라기보다는 사변적이었다.

를 저보다 훨씬 많이 이해하시게 될 겁니다. 우리가 같이 열심히 벤트어 말하기를 해 보는 거죠, 그러면 — 간단하죠, 잘 생각해 보세요. 빌어먹을 수다를 떠느라고 시청 지하 식당 일을 까맣게 잊고 있었네. 곧 다시 와서 도련님 일을 봐드리겠습니다.

다미스 지금은 여기 있어, 여기 있어 봐.

안톤 하지만 도련님 아버님께서 오시네요. 들리시죠? 우린 더 얘기할 수 없겠군요. (퇴장한다.)

다미스 아버지가 날 방해하지 말았으면 좋겠군. 내가 자기처럼 게으름뱅이인 줄 아나 보지?

2장

다미스, 크리잔더

크리잔더 맨날 그 빌어먹을 책들을 깔고 앉아서! 아들, 너무 지나친 건 모자라는 것과 마찬가지야. 노는 것도 일하는 것만큼 필요해.

다미스 아, 아버지, 연구가 제겐 노는 겁니다. 학문 말고 다른 즐거움을 찾는 사람은 학문의 진정한 달콤함을 아직 맛보지 못한 게 분명합니다.

크리잔더 그런 말은 하지 말아! 나도 왕년에 공부를 했다. 학식의 진수에 이를 때까지 말이다. 하지만 늘상 책에 파묻혀 있었다는 건 아니지. 난 산책도 했고, 놀기도 했고, 여러 모임에도 갔어. 여러 여자와 사귀기도 했고. 아버지가 젊었을 때 했던 건 아들도 할 수 있는 거지. 아들도 해 봐야 하는 거야. A bove majori discat arare minor![5] 우리처럼 라틴어에 밝은 사람들이 말하듯이 말이야. 특히 여자를, 우리처럼 라틴어에 밝은 사람들이 말하듯, de meliori[6] 소개받도록 해! 여자가 전갈보다 더 위험하다고 젊은 사람한테 경고하는 이들은 멍청이들이야. 우리처럼 라틴어에 밝은 사람들이 말하듯, cautius sanguine viperino[7] 도망치라고 젊은이에게 명령하는 이들이 그놈들이지. -

다미스 cautius sanguine viperino? 예, 그것도 라틴어이긴 하죠! 하지만 그 전체는 무슨 뜻인가요?

Cur timet flavum Tiberim tangere? cur olivum Sanguine viperino
Cautius vitat?[8] -

오, 들어보니, 아버지, 아버진 원전을 제대로 인용하셔야죠! 그보다도 호라티우스가 바로 이 송가에서 사랑을 아주 해로운 열정으로 묘사하고 있다는 사실을 아셔야 할 텐데요, 그리고 여자란 --

크리잔더 호라티우스! 호라티우스! 호라티우스는 이탈리아인이었고, 그는 이탈리아 여자를 말하고 있는 거다. 이탈리아 여자라면 나도 너한테 경고한다! 이탈리아 여자는 위험해! 내 친구 얘긴데, 그 친구 젊었을 때는 — 아니, 관두자! 화낼 일을 만들 필요는 없지. 그 반대로 독일 여자는, 아, 독일 여자는! 독일 여자는 성질이 완전히 달라. -- 여자가 날 완벽하게 다듬어 주지 않았더라면 난 지금 같은 남자가 되지 못했을 거다. 사람들도 날 그렇게 보고 있을 거야. 넌 죽은 책들을 충분히

---

5 어린 소가 나이 든 소에게 밭 가는 법을 배운다!
6 무엇보다도
7 살모사 피보다 더 조심해서
8 어째서 그는 황색 티베르강에서 목욕하길 두려워하나? 어째서 그는 살모사 피보다 더 조심해서 그 기름을 피하는 걸까?

읽었으니, 이젠 한 번쯤 살아있는 것도 들여다봐라!

다미스 놀랍군요 --

크리잔더 이제라도 좀 더 깊이 들여다본다면 넌 더 놀라게 될 거다. 여자란, 넌 알아야만 해, 젊은 사람에겐 입을 벌리고 바라볼 수많은 것들과 놀라워할 수많은 것들을 발견하게 되는 신세계다 --

다미스 그래도 제 말 좀 들어 보세요! 제가 드리고 싶은 말씀은, 제가 학교 다닐 때 아버지가 제게 하셨던 훈계와는 전혀 다른 말씀을 하고 계시는 게 놀랍다는 겁니다.

크리잔더 Quae, qualis, quanta![9] 지금하고 그때는! Tempora mutantur![10] 우리처럼 라틴어에 밝은 사람들이 말하듯이.

다미스 Tempora mutantur? 제발, 아버지, 천한 것들이나 갖는 선입관은 버리세요. 시대는 변하지 않아요. 한번 가르쳐 주시죠, 시간이란 무엇이죠? --

크리잔더 입 다물어! 시간이란 네 쓸데없는 지껄임으로 망쳐 놓고 싶지 않은 그런 것이다. 그 당시 내 훈계는 당시 네 경험과 오성(悟性)의 정도에 따른 거였지. 하지만 이제 너의 그 두 가지를 무척 믿는 만큼 넌 유흥에 빠지진 않겠지. 그런 이유로 네게 충고하는 거니 --

다미스 아버지 말씀은 어느 정도 진실로 보여요. 저만 더 고집부리고 있네요. 곧 아시게 될 거예요. 논쟁의 초점은 --

크리잔더 논쟁의 초점이 뭐든 상관없어. 난 너하고 논쟁하러 온 게 아니라 --

---

9 뭐가 어떻고 얼마나 대단하다고!

10 시대는 변하는 것이다!

다미스 논쟁의 전문어를 배우러 오셨단 말인가요? 아버진 아셔야 해요, 이도 저도 상황을 --

크리잔더 미치겠네! 날 가르치려 드네, 헛짓은 집어치워, 안 그러면 --

다미스 헛짓요? 그런 이상한 명칭은 분명 스콜라 철학의 찌꺼기예요, 사실이에요, 하지만 그런 찌꺼기는 --

크리잔더 당장 내 말을 듣지 않으면 네가 그런 말을 했다는 걸 참지 못할 거다. 난 세상에서 가장 중요한 일로 너한테 온 거야 -- 결혼보다 중요한 일이 뭐겠니? -- 그래서 넌 --

다미스 결혼요? 결혼 때문에 저한테? 저한테?

크리잔더 하! 하! 결혼이라니까 정신이 좀 드냐? 그러니까 ausculta et perpende![11]

다미스 ausculta et perpende? ausculta et perpende? 한 가지 다행인 생각은 --

크리잔더 아, 나도 여러 가지 생각이 떠오르는데 -

다미스 지금 생각난 게 있어요.

크리잔더 너한테?

다미스 네, 저한테요. 그 ausculta et perpende란 말이 어디 나오는지 아세요? 지금 막 발견해 냈는데, 호메로스의 글에 나와요. 오, 제가 호메로스에게서 발견해 내지 못하는 게 뭐가 있겠어요?

크리잔더 너와 호메로스, 니들은 바보 한 쌍이야!

다미스 저와 호메로스가요? 호메로스와 제가요? 우리 둘이요? 히히히! 아버지, 정말예요? 에구, 감사합니다, 감사합니다! 저와 호메로스가!

---

11 잘 듣고 생각해 봐라!

호메로스와 제가! - 하지만 들어 보세요, 무척 자주 호메로스는 - 호메로스는 바보가 아니었어요, 저처럼 거의 - 무척 자주 그는, 제가 말해 보죠, 주인공들이 군사들에게 용기를 불어넣어 주게 했죠, 그리고 군사 회의에서 협의를 하도록 했어요, 그들의 말은 자주 이렇게 시작하죠, 내가 하게 될 말을 잘 듣고, 생각해 보시오! 예를 들어 오디세이아에서는, Κεχλυτε δη νυν μευ Ἰθαχησιοι, ϐττι χεν είπω.[12] 그리고 이어서 자주 이런 말이 나오지요. Ὡς έφαθ' οί δ' άϱα του μαλα μεν χλυον, ήδ' έπιθοντο, 이건 이런 뜻이죠, 그는 그렇게 말했고 그들은 자기들이 들은 말에 복종하였다.

크리잔더 그들이 그에게 복종하였다? 그 참 이성적이구나! 호메로스는 그럼 바보가 아닐 수도 있겠지. 내가 너에 대해 했던 말을 취소할 수 있다는 사실도 알아 두거라. 그럼 다시 본론으로 돌아가서, 내가 아는 아가씨가 있는데, 아들아 -

다미스 잠깐만 참아 주세요, 아버지. 좀 앉아서 그 주석을 달아야겠어요.

크리잔더 주석을 단다고? 거기에 무슨 주석을 달아? 그 하찮은 문장이 호메로스에게서 나온 것이든, 노래책에서 나온 것이든 누구한테 무슨 상관이냐?

다미스 학계에 상관있죠, 제 명예와 호메로스의 명예에 상관있어요. 그런 주석 몇십 개가 서지학자를 만들어 내기 때문이죠. 그리고 이 주석은 새로운 겁니다, 아버지께 말씀드립니다만, 이건 정말 새로 다는 거란 말입니다.

---

12 이제 내가 하는 말을 듣거라, 너희 이타카인들이여, 내가 하는 말을.

크리잔더 그럼 나중에 달아.

다미스 다시 생각이 날 때 말예요? 전 낙심하게 될 것 같아요. 그럼 최소한, 제가 이걸 다시 기억해 낼 수 있도록 해 주세요.

크리잔더 좋아, 그렇게 하지. 지금은 내 말을 들어. 아들아, 내가 정말 사랑스러운 여자를 알고 있다. 그리고 너도 그 여자를 알고 있다는 걸 내가 알지. 네가 관심이 있다면 --

다미스 제가 어떤 여자를, 어떤 사랑스러운 여자를 알고 있다구요? 아버지, 누군가 이 말을 들었다면 그 사람은 제 학식에 대해 어떤 생각을 할까요? -- 제가 어떤 사랑스러운 여자를? --

크리잔더 자, 실제로, 어떤 술집 주인이 건달 같은 이놈 저놈을 알고 있다 치자, 그게 술집 주인 잘못이라고 한다면 술집 주인이 얼마나 기겁하겠니? 그건 아니지. 네가 어떤 여자를 알고 있다 해도 그게 네가 기겁할 일은 아닌 거야. 그런데 그게 창피한 일이니?

다미스 적어도 명예로운 건 아니죠, 특히 학자한테는요. 누군가와 교제하면 차츰차츰 그 사람 행실을 따라가게 마련이에요. 여자란 다 헛되고, 허영심에 차 있고, 수다스럽고, 잔소리 많고, 사는 내내 유치하고, 나이 먹는 것도 자기 맘대로라니까요. 여자는 모두 몸보다도 더 끊임없이 살펴야 할 정신이 있다는 사실을 거의 몰라요. 옷을 입었다가 벗었다가, 그리고 또 다른 걸로 갈아입고, 거울 앞에 앉아선 자기가 매력 있는 양 스스로 감탄하고, 잔뜩 꾸민 표정이나 궁리하고, 호기심 가득한 눈으로 빈둥빈둥 창가에 누워서는 의미도 없는 소설이나 읽고, 기껏해야 시간이나 때우려고 바느질이나 하죠. 그게 여자가 몰두하는 일이고, 그게 여자의 삶이에요. 그런데 아버진 학자가 그 훌륭한 이름에 먹칠을 하지 않고도 그 외모나 보고 그런 멍청한 피조물을 계속 알고 지낼 수 있다고 생각하시는 건가요?

크리잔더 이런, 이런! 네 어머니가 무덤에서 다시 나오시겠다. 네 어머니도 여자였다는 걸 생각해! 자연의 섭리란 한 번도 변하지 않는다는 걸 생각해! 그렇더라도 nulla regula sine exceptione[13], 우리 라틴어에 밝은 사람들이 말하곤 하듯 말이야. 내가 마음에 두고 있고, 너도 알고 있는 그 아가씬 분명 예외야. --

다미스 아뇨, 아뇨! 우리 이모들이 예외라는 건 아버지께 맹세하죠, 그리고 율리아네는 --

크리잔더 그리고 율리아네? 좋지! -

다미스 그리고 그 하녀도 예외라 해두죠, 전 유일한 여성상이 없어요. 예, 제가 언젠가 여자 사귈 생각을 한다면 하늘이 제게 벌을 내릴 거예요.

크리잔더 뭐, 어쨌거나! 네가 원하는 대로! 율리아네, 네가 그 아일 알고 있다는 사실로 충분해.

다미스 유감스럽게도 알고 있죠!

크리잔더 내가 말하는 게 바로 율리아네야, 그 아이에 대한 네 생각을 듣고 싶다. --

다미스 율리아네에 대해서요? 율리아네에 대한 제 생각을요? 오, 아버지, 차라리 그리스 여류 시인 에리나 아니면 코리나에 대한, 텔레실라 아니면 프락실라에 대한 제 생각을 요구하셨더라면 --

크리잔더 놀라 자빠질 일이네! 이게 무슨 말이야? 이 녀석이 한순간 여자는 맹세코 하나도 모른다더니, 이젠 계집들 이름을 줄줄이 읊어 대는구나 --

---

13 예외 없는 법칙은 없다

다미스 계집들이라뇨, 아버지!

크리잔더 그래, 아들, 계집이지! 그 앞에 붙는 명칭은 없냐? 창부, 창녀, 매춘부. -

다미스 세상에! 계집이라뇨! 유명한 그리스 여류 시인을 계집이라 하시다니! --

크리잔더 그래, 그래, 여류 시인! 나한텐 그게 맞아. 매춘부, 창녀, 시 쓰는 년을 Poetrix라 하지 --

다미스 Poetrix? 아이구, 무슨 소릴 들은 거야! Poetria라 하셔야죠, 아니면 Poetris라고 하시던가 -

크리잔더 리스든 릭스든, 이 철자에 미친 놈아!

3장

크리잔더, 다미스, 리제테

리제테 어서 거실로 내려오세요, 어르신! 어르신과 얘기하고 싶어 하는 사람이 있어요.

크리잔더 어떤 바보가 날 방해하는 거야? 도대체 누구야?

리제테 제가 어떻게 바보들을 다 알겠어요?

크리잔더 무슨 말을 하는 거야? 망할 놈의 주둥이 같으니, 리제테. 훌륭한 남자를 바보라 욕하는 거야? 그 사람 훌륭한 남자가 틀림없겠지, 하여튼 그 사람이 나한테 무슨 볼일이지?

리제테 네, 네, 나리 입에서 나오는 실수를 맨날 따라 하는 제 주둥일 용서하세요.

크리잔더 내 입에서 나오는 실수?

리제테 아, 어서 가세요! 그 훌륭하신 남자분이 기다리세요.

크리잔더 기다리라고 해. 내가 그 바보한테 오라고 한 건 아니니까. -- 곧 다시 오마, 아들.

리제테 (혼잣말로) 우리 아가씨의 그 놀라운 발상으로 내가 뭘 좀 해 볼 수 있는지 봐야겠어.

4장

리제테, 다미스

다미스 왜? 리제테, 같이 안 가?

리제테 전 도련님의 충성스런 하녀예요. 도련님께서 명령하시면 전 복종하지요. 하지만 딱 한 가지 알고 싶은 게 있어요. 말씀해 주세요, 제발, 어떻게 그렇게 끝없이 혼자 있으실 수 있죠? 하루종일 연구실에서 뭐 하세요? 매 순간이 몇 시간처럼 길게 느껴지지 않나요?

다미스 아, 그런 질문이 무슨 소용이야? 가 봐! 가 봐!

리제테 그래도 내내 책 위에 엎드려 있기는 불가능하실 텐데요. 책이란 게, 죽은 파트너죠! 싫어요, 전 살아 있는 파트너가 좋아요, 그건 율리아네 아가씨 취향이기도 하고요. 하긴 우리도 이따금 책을 읽죠. 방황

하는 기사 이야기나 『바니제』[14], 아니면 뭐 그런 재밌는 거요. 하지만 우린 한 시간 이상 계속하는 건 못 견뎌요. 도련님처럼 하루종일 그렇게 지내는 건, 끔찍해요! 세 시간만 그러고 있으면 우린 죽어 버릴 거예요. 도련님처럼 그러면 결국 단어 하나도 읽을 수 없게 될 거예요. 우리한텐 지옥일 거예요. 하지만 그런 게 모든 남성의 우월성이라 할 수는 없죠, 저는 우리만큼 천박하거나 우리보다 훨씬 더 천박한 남자들을 알고 있으니까요. 분명 아주 극소수의 천재만 그런 특별한 재능을 갖고 있을 뿐이죠. --

다미스 그래도 리제테가 아주 어리석은 말을 하진 않네. 그런 타고난 위트가 학문을 통해 더 좋아지지 못한다는 게 유감이다.

리제테 절 부끄럽게 만드시는군요. 곧 그 복수를 해 드릴게요. 그런데 어제 정원 모임에서 나왔던 도련님에 대한 칭송을 하나하나 얘기해 드리고 싶어요. 도련님의 겸손을 해치려는 건 아녜요. 전 학자들이 그런 미덕에 너무나도 철저하다는 걸 알고 있거든요.

다미스 내 칭송? 나에 대한?

리제테 네, 네, 도련님에 대한.

다미스 신경 쓰지 마, 사랑하는 리제테. 난 그걸 다른 사람에 대한 칭송으로 생각하고 싶군. 난 겸손하니까 그걸로도 만족해. 그래도 그 얘기 좀 해 봐. 넌 생생하고 꾸밈없이 표현하니까 들어 보고 싶네.

리제테 아이, 제 표현 방식은 그렇게 훌륭한 게 못 돼요. 전, 도련님처럼,

---

14 원제는 아시아의 바니제(Die asiatische Banise)로 1689년에 출간된 하인리히 안젤름 폰 치글러 운트 클립하우젠(Heinrich Anselm von Ziegler und Kliphausen, 1663~1696)의 연애소설이다. 바니제는 아시아의 공주로 등장하는 주인공 이름이다. 이 소설은 17, 18세기에 매우 대중적인 인기 소설로 독일 바로크문학의 중요한 소설로 평가된다.

배우지도 못한 걸요. 하지만 도련님 명령을 따를게요. 도련님은 어제 정원에서 아버님과 함께 주연을 즐기던 신사분들이 누군지 알고 계실 테죠.

다미스 아니, 정말 몰라. 난 거기 가고 싶지도 않았고, 그래서 신경도 쓰지 않았으니까. 그래도 그 사람들이 칭찬할 만한 사람들이었기를 바라, 그들이 하는 칭찬이 뭔가 의미 있다고 생각할 수 있을 만큼.

리제테 꽤 그럴 만한 사람들이에요. 하지만 그 사람들이 그렇지 못하더라도 그게 도련님과 무슨 상관이죠? 도련님이 겸손해서 나온 칭송을 이상한 걸로 보시려는 건가요. 진실이 칭송하는 사람들 입에 달려 있나요? 들어 보세요 -

다미스 이런! 아버지가 오시는 소리가 들리네. 아이구, 리제테, 네가 오랫동안 나하고 있었다는 걸 아버지가 눈치채서는 안 돼. 오시기 전에 빨리 옆방으로 들어가.

5장

다미스, 크리잔더

크리잔더 빌어먹을 팔러! 좀 편할 때 오면 안 되나. 귀신은 저런 놈 안 잡아가고 뭐 해? 꼭 이럴 때 날 보자고 해야 해? 휴 - 아니지, 팔러 선생, 너무 늦게 오셨어. -- 이제, 아들 - (다미스는 깊은 생각에 잠긴 듯 멍하니 서 있다.) 아들, 내 말 듣고 있어?

다미스 듣고 있습니다, 다 듣고 있어요.

크리잔더 간단히 말해서, 내가 좀 전에 어디 다녀오려 했는지 아니? 똑똑한 사람에겐 세 마디면 충분하지. 우리 라틴어에 밝은 사람들이 말하듯이 Sapienti sat![15] - 대답해 봐라 -

다미스 (여전히 생각에 잠긴 듯) 무슨 대답요? --

크리잔더 무슨 대답요? - 내 말은 - 대답해 보라는 거야, 네가 내 얘길 이해했는지, 내 제안이 마음에 드는지, 율리아네가 마음에 드는지, 모든 일에 내 말을 따를 건지 - 이제 대답하겠니?

다미스 (멍한 상태로 책을 한 권 집으면서) 지금 볼 게 있어서 -

크리잔더 이 일에 대해서 그 책에 뭐가 쓰여 있단 말이냐? 마음에서 나오는 대답을 해, 책에서 말고. -- Ex libro doctus quilibet esse potest[16], 우리 라틴어에 밝은 사람들이 말하긴 하지만. --

다미스 (마치 책을 읽고 있는 듯) 완벽하게 맞아! 그런데 그다음은? -

크리잔더 그다음은 그리스어로 어떻게 되는지겠지. 네가 좋다고 하고 그 아이가 좋다고 하고, 그러면 약혼하는 거야, 그리고 바로 결혼하는 거고, 그러면 — 그다음에 어떻게 되는지는 곧 알게 될 거다.

다미스 하지만 만일 이 전제가 - (여전히 책을 읽는 듯이)

크리잔더 이런, 난 사소한 일에 뭔가 의심 가는 게 있더라도 아무것도 전제하지 않아. 율리아네는 고아야, 난 그 애의 후견인이고, 난 네 아버지다. 너희 둘을 행복하게 만들어 주는 것 말고 나한테 뭐가 더 중요하겠니? 그 애 아버지는 내 친구였고 성실한 사람이었다, 어리석긴 했지

---

15 영리한 사람에겐 그걸로 족하다!
16 누구나 책에서 배운다

만. 파산을 하더라도 좀 품위 있게 할 수 있었을 텐데. 그 채권자들이 삼분의 일로 합의를 하게 만들 수도 있었을 텐데. 그런데 그 친구는 너무 단순해서 마지막 동전까지 다 계산해 갚았지. 내가 무슨 얘길 하는 거지? 너 그 사람 몰라?

다미스 개인적으론 몰라요. 하지만 그분의 형편은 아주 잘 알죠. 어떤 자서전이었는지는 잘 모르겠는데, 그 내용을 읽었어요.

크리잔더 읽었다고? 출간된 걸 읽었어?

다미스 네, 네, 읽었어요. 그분은 지난 세기 중엽 쯤에 태어나서 이십 년 전 쯤에 포메라니아주 교구 목사장으로 있다가 죽었죠. 그분은 동양 언어에 특히 뛰어났어요. 그분 책이 모두 다 훌륭한 건 아니지만. 그래도 이 책은 제일 훌륭한 것 중 하나예요. 그분은 한 가지 특이한 습관이 있었다고 하는데 --

크리잔더 너 도대체 누구 얘길 하는 거니?

다미스 제가 이 책의 저자를 알고 있는지 물으신 거잖아요?

크리잔더 지금 꿈을 꾸고 있는 게로군, 아니면 네 머릿속에 뭔가 불쾌한 게 차 있거나. 난 네가 율리아네의 아버지를 알고 있었는지 묻는 거다.

다미스 제가 좀 멍청한 대답을 했다면 용서해 주세요! 마침 생각에 잠겨 있었어요, -- 왜 랍비들이 모음을 M'lo Pum이라 하는지.

크리잔더 모음은 무슨 얼어 죽을! 아버지가 얘기하면 좀 주의해서 들어라! -- (다미스의 손에서 책을 빼앗는다.) 그러니까 넌 그 친구를 모른다고? 내 생각에 그건 불가능해. 그가 죽었을 때 율리아네는 아주 어렸어. 그가 죽은 후에 내가 그 아이를 곧바로 집에 데려왔다. 다행이지! 그 아인 여기서 많은 보살핌을 받았다. 그 아이는 예뻐, 그 아이는 품행도 좋고, 그러니 내가 그 애를 너 말고 누구에게 허락하겠니? 어떻게 생각

해? -- 대답해 봐라! 자고 있는 것처럼 거기 서 있지 말고! --

다미스 네, 네, 아버지. 그 문제엔 아직 한 가지 생각할 게 있어요.

크리잔더 네 말이 맞다, 물론 이 일에 한 가지 생각할 게 있겠지, 말하자면 네가 곧 공직을 맡는 데 능력이 될지, 왜냐하면 --

다미스 뭐라고요? 능력요? 능력요? 그럼 아버진 제 능력을 의심하시는 건가요? - 저는 참 불행하군요, 아버지께 곧바로 반박할 수 없으니! 하지만 오늘 저녁에 해 드리죠. 절 믿어 보세요, 오늘 저녁이에요. -- 그 망할 놈의 편지! 그게 어디서 뭉그적거리는지 모르겠군.

크리잔더 진정해, 아들. 그 질문은 못 믿어서 한 게 아니라 그저 직업을 갖기 전에 결혼하는 건 적절치 못할 거라 생각해서야. 마찬가지로 아내를 어디서 얻어야 할지 알기 전에 직업을 갖는 것도 아니라는 생각이 드네.

다미스 아, 무슨 결혼을요? 무슨 아내를? 죄송하지만 아버지 혼자 계셔야겠어요. 그 녀석을 다시 우체국에 보내야겠어요. 안톤! 안톤! 이 게으름뱅이하곤 아무것도 못 하겠네, 제가 직접 가야겠어요

6장

안톤, 크리잔더

안톤 다미스 도련님이 절 부르시지 않았습니까? 어디 계시죠? 제가 뭘 해야 하죠?

크리잔더 그 녀석 머리에 뭐가 박혔는지 모르겠다. 걔가 널 불렀어, 널 우체국에 보내려 한다고. 게으름뱅이인 너하곤 아무것도 못 하겠대. 그러곤 직접 갔어. 말해 봐라, 평생 그런 멍청이로 지내고 싶으냐?

안톤 진정하세요, 어르신! 전 아드님의 멍청함과 요만큼도 같은 게 없죠. 전 오늘 아드님 때문에 열두 번도 더 우체국에 뛰어가야 했습니다. 아드님은 베를린에서 온 편지를 원하고 있죠. 그게 오지 않는 게 제 잘못입니까?

크리잔더 정말 이상한 놈이군! 넌 그렇게 오랫동안 그 애 옆에 있었는데, 걔 생각이나 사고방식을 조금도 모른단 말이냐?

안톤 하하! 그건 우리 학자님네들이 생각에 대한 인식을 어떻게 말하는가에 달려 있죠. 전 그 방면에 대가예요, 제 명예를 걸고! 전 어떤 사람과 한마디만 얘기해 봐도, 그 사람을 보기만 해도, 슉, 그 인간을 완벽하게 알아본단 말입니다! 그가 이성적인지, 고집불통인지, 아니면 관대한지 구두쇠인지 바로 알죠 --

크리잔더 너 날 두고 하는 말 같은데?

안톤 오, 누굴 두고 하는 말이든 신경 쓰지 마세요 -- 혹시 --

크리잔더 그럼 네 재간을 당장 보여 봐! 내가 아들 녀석한테 결혼을 제안했거든. 자, 한번 말해 봐라, 네가 그 녀석을 잘 알고 있다면, 그 녀석이 어떻게 나올까?

안톤 아드님이요? 다미스 도련님이요? 죄송합니다, 제 재간이란 게, 그 재간을 좀 열심히 부려 봤는데, 그게 아드님한텐 먹히지 않더라고요.

크리잔더 이런, 놈팡이 같으니, 같이 생각해 보자고, 자랑질이나 하지 말고!

안톤 젊은 학자의 생각을 알려고 하는 것, 그리고 그렇게 해서 뭔가 짐작해 내려는 건 불가능해요. 그리고 불가능한 건 -- 어르신 -- 불가능한 거죠.

크리잔더 어째서?

안톤 아드님은 생각이 전혀 없으시니까요.

크리잔더 전혀 생각이 없어?

안톤 없어요, 아니, 전혀 생각이 없는 게 아니라 매 순간 생각이 달라지죠. 아드님이 읽는 책이나 글은 바람이에요. 그 바람에 따라 아드님 생각의 방향이 줏대 없이 바뀌거든요. 결혼이라는 장에 머물러 있다는 것은, 그게 한 번쯤 중요하게 볼 문제라서, 제 생각에는 -- 무엇보다도 어르신께서 아셔야 하는 건, 다미스 도련님은 제 앞에서 뭔가 숨기신 일이 결코 없다는 사실입니다. 예전부터 저는 아드님이 믿는 사람이었고, 예전부터 아드님과 제일 잘 어울리는 사람이었죠. 저희는 이따금 대학교에서 하루 종일, 밤새도록 논쟁을 벌였죠. 아드님이 절 어떻게 생각하는지는 모르겠지만, 아드님이 다른 사람에게선 발견하지 못하는 어떤 특성이 저한테 -

크리잔더 내가 말해 주지, 그게 어떤 특성인지, 그건 바로 네 멍청함이야! 그 앤 자기가 너보다 학식이 더 높다는 걸 볼 때마다 즐겁겠지. 넌 완전히 교활한 놈이지만, 걔 말에 반대하지 않고, 그 애 면전에서 칭송하고, 감탄하고 --

안톤 이런, 젠장! 어르신께서 제 술수를 다 밝혀 내시는군요! 어떤 늙은 상인도 이렇게 똑똑하진 못할 텐데!

크리잔더 중요한 문제나 잊지 마! 결혼에 관해서 --

안톤 예, 그거에 관해서 도련님은 이미 머리가 돌 지경이었죠. 예를 들어서, 전 도련님이 전혀 결혼하고 싶지 않은 때라는 걸 안다는 말입니다.

크리잔더 전혀 하고 싶지 않다고? 그럼 내가 새장가를 가야겠군. 그러면 정말 우리 집안 대가 끊길 일은 없겠지? 망할 놈! 도대체 왜 싫다는 거야?

안톤 이런 이유죠. 미혼 상태가 학자에게는 가장 적합하다고 믿었던 학자들이 예전에 있었기 때문이에요. 그분들 생각이 너무 정신적이었는지, 아니면 너무 육욕적이었는지 누가 알겠습니까! 장래에도 아내를 갖기 싫어하는 사람으로서 도련님은 이미 여러 가지 의미심장한 변명거리를 준비해 두었단 말이죠.

크리잔더 변명을? 그런 방종한 인간이, 이 신성한 성사를 — 도대체 그냥 하는 말이다만, 난 우리 신학자들이 정말 마음에 안 들어, 그자들은 결혼을 신성한 일로 생각하지 못하게 만든단 말이야 -- 내 말은, 이 신성한 성사를 경멸하는 놈이 자기가 신을 모독하는 데 있어서 감히 변명을 늘어놓을 수 있다는 거야? 그런데 이놈, 너 나한테 뭔가 꾸며 대는 것 같다, 바로 좀 전엔 그 녀석이 내 제안을 받아들이는 걸로 보였거든.

안톤 정말 그런 짓을 한다는 건 있을 수 없어요. 그때 도련님 태도가 어땠죠? 알려 주시죠, 그때 뭔가 머리를 한 대 얻어맞은 것처럼 서 있던가요? 꼼짝 않고 땅만 쳐다보고 있었죠? 손은 이마를 짚고 있었죠? 마치 뭘 읽으려는 듯 책을 집어들었죠? 어르신께서 계속 말씀하시도록 가만있었죠?

크리잔더 맞아! 마치 그 녀석을 다 본 것처럼 그려 내고 있네.

안톤 아, 그건 뭐 신경 쓰실 일 아니고요! 도련님이 그렇게 행동할 땐 사람들이 자기를 멍청하게 생각하길 바라는 거예요. 전 도련님의 불평을 잘 알아요. 하여튼 도련님은 사람들이 자기에게 하는 말은 다 듣죠. 도련님이 깊이 생각할 게 많아서 제대로 듣지 않았다고 생각하면 될 겁니다. 도련님은 이따금 대답도 하죠. 하지만 사람들이 도련님께 답을 다시 제시하면 그게 자기한테 알고 싶었던 것에 대한 답이 된다고는 절대 인정하지 않죠.

크리잔더 너무 과한 학식이 머리를 어지럽힌다는 사실을 인정하지 않는 사람은 스스로 경험을 해 봐야 알지. 내가 젊은 시절에 적정선을 알았다는 게 다행이지! Omne nimium vertitur in vitulum,[17] 우리 라틴어에 밝은 사람들이 아주 장난스럽게 말하듯이. -- 하지만 그 망할 놈에게도 신의 은총이 있겠지, 그놈이 제 주장만 고집하더라도! 그 녀석이 결혼해서 자식을 낳는 게 불필요하다고 주장한다면 내가 제 놈을 낳은 게 불필요한 거였다고 날 이해시켜야 할 것 아니냐? 고마움도 모르는 자식 같으니!

안톤 그건 맞아요, 아버지가 자길 이 세상에 낳기 위해 감내해야만 했던 그 많은 노력을 아들이 알려고도 않는다면 하늘 아래 그보다 더한 배은망덕은 없을 겁니다.

크리잔더 없지, 분명한 건, 난 신성한 결혼의 수호자란 거야!

안톤 그 의지가 멋지십니다. 하지만 그런 수호자들은 출산세[18]를 상당히 줄이셔야 할 텐데요.

크리잔더 어째서?

안톤 생각 좀 해 보세요! 마누라 셋, 뭐 셋째 마누라한테선 아들을 거의

---

17 과한 모든 것은 송아지로 변한다. '과한 모든 것은 실패한다'라는 의미인데 '실패'를 뜻하는 vitium 대신 '송아지'를 뜻하는 유사발음의 vitulum을 쓴 단어 유희이다.

18 출산을 앞두고 내야하는 세금. 그 외에 생필품 사용에 대한 소비세로 하층민을 더욱 어렵게 하여 19세기에 폐지되었다.

얻지 못하겠지만.

크리잔더 거의? 거의라니 무슨 말을 하려는 거야, 이놈아?

안톤 휴, 나리께선 그런 상황에서 뭐가 문제인지 저만큼은 아실 텐데요.

크리잔더 우리끼리 얘긴데, 안톤, 이십 년 전 여자들이 요새 여자들 같았다면 난 놀라운 생각을 했을 거야. 그 녀석은 정말 날 닮은 데가 없어! 이십 년 전 여자들은 요즘 여자들처럼 그렇게 뻔뻔하지 않았지. 지금 여자들처럼 그렇게 정조 관념이 없지도 않았고, 그렇게 음탕하지도 않았고 --

안톤 정말요? 그래서 실제로 사람들이 우리 어머니한테 못되게 굴었던 거군요, 삼십삼 년 전에 우리 어머닌 제 아버지가 되고 싶지 않았던 남편하고 헤어졌거든요! 하지만 그건 제가 별로 생각하고 싶지 않은 점이고요. 어르신 아드님의 변덕이 더 재밌어요.

크리잔더 더 화나게 만드는 거지, 얘기해! 말해 봐, 도대체 그 녀석 변명거리가 뭐야?

안톤 아드님의 변명거리는 스스로 생각해 낸 게 아니에요. 아드님 말이, 예를 들어, 마흔이 안 됐는데 누군가 왜 결혼하지 않냐고 이유를 물으면 결혼하기에는 아직 젊다고 할 거래요. 마흔이 넘으면 그때는 결혼하기엔 너무 늙었다고 할 거랍니다. 학자라는 사람이 어떻게 그렇게 말하는지 모르겠어요. 또 다른 핑계는 이런 거였죠, 자기는 매일매일 신부가 되려고 생각하기 때문에 결혼을 안 한다는 거예요. 그러고는 매일매일 결혼을 생각하기 때문에 신부가 되지 못한답니다.

크리잔더 뭐? 이젠 신부가 되겠다고? 신성한 결혼에 대한 경외심도 없는 그런 나쁜 생각이 어디로 빠질 수 있는지 보라지! 그건 내 아들한테 한 번도 바라지 않았던 거야!

안톤 걱정하지 마세요! 아드님께 모든 건 하나의 과정일 뿐입니다. 아드님은 어떤 학자의 자서전에 나오는 묘안을 읽었죠. 아드님은 그게 마음에 들었고, 기회가 오면 곧바로 그걸 자기 생각처럼 써먹어야겠다고 결심했죠. 하지만 곧 다른 책이 변덕을 부리게 만들었어요, 마치 그게, 그게 — 죄송합니다, 그에 대한 비유가 생각나지 않네요! 간단히 말해서, 변덕이 생겼다 이겁니다. 이젠 결혼을 하겠다는 거죠, 더구나 정말 악마 같은 여자하고요.

크리잔더 그런 생각을 가진 바보들이 많았더라면 성실한 다른 남자들이 악한 여자들을 피할 수 있었을 거야.

안톤 그 말씀이 아드님에 대한 것이라면 아드님은 아주 멋진 말씀이라 하셨을 겁니다. 악한 여자로 하느님께서 벌을 내리신 많은 학자들 중에 그 유명한 다미스도 속한다, 라고 말이죠. 비록 그 악처가 아드님께서 수많은 저술로 학계에 공헌하는 걸 좀 방해했다고 학계가 아드님에 대해 불평할 수는 없더라도요.

크리잔더 저술로! 맞아, 나한텐 제일 비싸게 먹히는 거야. 내가 이미 인쇄업자에게 얼마나 많은 돈을 지불했는데! 망할 녀석!

안톤 참으세요! 아드님은 이제야 막 쓰기 시작한 걸요. 잘될 겁니다.

크리잔더 잘될 거라고? 아마도 결국엔 제 아비를 형편없다고 쓴 놈들 중에 그 녀석을 포함시킬 수 있을 거다!

안톤 그게 왜 안 되죠? 그게 아드님한테 명예를 가져다준다면 --

크리잔더 명예는 무슨 빌어먹을!

안톤 명예를 위해서라면 젊은 학자는 무슨 짓이든 하죠. 죽어서라도 이렇게 불린다면 말입니다, 그러니까 악마에게 간 학자들 중에 그 유명한 다미스도 속한다! 그게 뭐가 손해죠? 충분하죠, 학자로 불리고, 유

명하단 말을 듣는데 --

크리잔더 이놈이, 날 놀라게 하는군! 하지만 너, 넌 그 녀석보다 나이가 훨씬 많은데 이따금 그 녀석에게 훈계도 못 하나? --

안톤 아이구, 어르신! 제가 가정교사 자질이 없다는 걸 잘 아시잖아요. 게다가 제 어리석음이 --

크리잔더 그래, 네 어리석음이란 게 그 녀석을 점점 더 어리석게 만들려는 거지.

안톤 (혼잣말로) 쯧, 날 잘도 아시는군. - 하지만 아드님이 악한 여자를 진지하게 생각했다고 믿으시나요? 전혀 아니겠죠? 아드님은 한동안 배운 여자를 찾으려 했죠.

크리잔더 그렇다면, 어느 정도 현명한 거지.

안톤 어느 정도 현명한 거라고요? 앞을 내다볼 줄 모르는 제 생각으론, 그건 아드님이 할 수 있었던 제일 어리석은 생각과 똑같아요. 배운 여자라니! 생각 좀 해 보세요! 배운 여자라니, 아드님과 같은 여자라니! 성실한 남자에겐 소름 끼치고 깜짝 놀랄 일일 겁니다. 정말예요! 저 같으면 배운 여자가 매달리기 전에 --

크리잔더 바보, 바보 녀석! 그런 여자들은 너하고 다른 사람들 사이에선 경쟁하듯 팔리고 있어. 그런 여자들이 많다면 나도 그중 하나를 선택했을지 누가 알겠니?

안톤 카를린을 아십니까?

크리잔더 카를린? 몰라.

안톤 예전 제 동료인데요? 제 좋은 친군데? 모르세요?

크리잔더 몰라, 모른다니까.

안톤 그 친구는 빨간 소맷단이 달린 청회색 옷을 입었었는데요, 일요일에 교회 갈 때 입는 정장엔 빨갛고 파란 어깨띠를 두르고요. 나리께선 분명 저와 함께 있는 그 친구를 보셨어요. 코가 좀 길었어요. 그건 유전이었죠. 그 친구는 예전에 마부로서 마상 무술 시합에도 참가했던 고조할아버지가 그만큼 코가 길었다는 사실을 알고자 했죠. 그 친구의 유일한 단점은 다리가 좀 휘었다는 거였어요. 이제 생각나십니까?

크리잔더 네놈이 알고 있는 놈팡이들을 내가 다 알아야 한다는 거야? 도대체 그놈 얘기로 무슨 말을 하려는 거야?

안톤 진정 그 친구를 모르세요? 아이고, 그럼 나리께서는 한 위대한 영혼을 모르시네요. 제가 그 친구를 알게 해 드리죠. 전 그 친구한테 어느 정도 중요한 사람이에요.

크리잔더 넌 내 아들만큼 이따금 공상에 잘도 빠지는 것 같군. 어떻게 그런 헛소리를 하나?

안톤 바로 그 카를린은요, 제가 말씀드리려는 건 -- 아이구, 어르신께서 그 친구를 모르신다니 화가 나네요. -- 바로 그 카를린은, 제 말씀은, 언젠가 배운 아내가 있었던 한 분을 모셨죠. 그 망할 놈이 -- 그놈은 잘생겼고, 게다가 입맛은 놈 처지와 어울리지 않게 -- 하여튼 간단히 말해 그놈은 그 부인과 점점 가까이 지냈단 말입니다. 그렇지 않고는 어디서 그놈이 그렇게 큰 판단력을 얻었겠습니까? 결국 그 주인께선 그놈이 아내한테 배우고 있다는 걸 눈치챘죠. 그놈은 사고 치기 전에 해고를 당했죠. 불쌍한 부인!

크리잔더 아, 입 닥쳐! 네놈 망상이나 내 아들놈 망상이나 더는 듣고 싶지 않다.

안톤 하나만 더 들어 보세요, 마지막에 아드님이 괴상망측한 생각을 했는데, 아드님은 한 여자가 아니라 여러 여자와 결혼하고 싶어 했어요.

크리잔더 하지만 우선 한 여자와 한 다음에 다른 여자랑 하려는 거겠지.

안톤 아뇨, 한 번에 최소한 여섯 명이랑요. 성경에도, 법에도, 관습에도 불구하고 말이죠! 그때 아드님은 책을 한 권 읽었었죠.

크리잔더 빌어먹을 책! 간단히 말해서 난 더 이상 듣고 싶지 않다. 지금 내가 그 녀석을 위해 염두에 두고 있는 여자를 받아들이기만 하면 한 명 이상의 여자를 얻으려는 그 녀석 생각이 사라져 버릴 텐데. 어떻게 생각해, 안톤? quid putas[19], 우리 라틴어에 밝은 사람들이 말하듯이. 그 녀석이 그렇게 할까?

안톤 아마도, 아마도 안 할걸요. 아드님이 마지막에 어떤 책을 읽었는지 제가 안다면, 그리고 그 책을 제가 읽을 수 있다면, 그리고 만일 --

크리잔더 난 이미 네 도움이 필요하다는 걸 알고 있었어. 넌 교활한 놈이긴 하지만, 그리고 난 요즘에 사람들이 성실한 사람보다는 사기꾼들과 더 어울린다는 것도 알고 있지.

안톤 에이, 어르신, 절 뭐라고 생각하시는 겁니까?

크리잔더 비위 맞추려는 게 아니라, 안톤 선생으로 생각하지! 네가 quovis modo[20], 우리 라틴어에 밝은 사람들이 말하듯, 진실을 통해서든, 거짓말을 통해서든, 진지하게 하든, 아니면 농담을 해서든 vel sic vel aliter[21], 우리 라틴어에 밝은 사람들이 말하듯, 내 아들이 율리아네와 결혼하도록 설득해 줄 수 있다면 네 공로에 상응하는 보답을 약속하마.

안톤 누구랑요? 율리아네 아가씨요?

---

19 어떻게 생각해
20 어떤 방법으로든
21 등등

크리잔더 율리아네, illam ipsam.[22]

안톤 우리 율리아네 아가씨요? 어르신께서 후견인이신? 어르신 양딸 말씀입니까?

크리잔더 그럼 넌 다른 여자라고 생각한 거냐?

안톤 그건 안 됩니다, 아가씨에 관해 들었던 이야기가 사실이 아니어야 할 텐데.

크리잔더 들었다고? 그래? 네가 그 아이에 관해 뭔가 들었단 말이지? 그래도 나쁜 이야기는 전혀 아니겠지.

안톤 그렇다고 좋은 이야기도 물론 아니죠.

크리잔더 이런, 난 그 아이에게 아주 큰 기대를 걸고 있었다. 그 애가 어느 젊은 놈과 -- 아니겠지?

안톤 그게 아무것도 아니어야 할 텐데! 그런 사소한 실수는 유행 때문인데요. 하지만 그 유행은 더 이상 처녀이길 원치 않는 착한 노처녀에겐 꽤 화가 나는 일이긴 하죠.

크리잔더 꽤 화가 나는 일? 무슨 말을 하는 건지 모르겠다.

안톤 그래도 어르신께선 상인이시잖아요?

크리잔더 꽤 화나는 일이라고? 난 항상 조신하게 집에 있는 게 가장 중요하다고 믿었는데 --

안톤 이젠 아녜요, 이젠 아니라고요. 이십 년 전이나 그랬죠, 어르신께서 좀 전에 참 현명하게 기억하셨듯이.

크리잔더 좀 더 명확하게 설명해 봐라. 네 바보 같은 생각을 알아맞히는 데는 흥미 없어.

---

22 바로 그 아이다.

안톤 쉬운 건 아무것도 없죠. 한마디로 말해서, 아가씬 무일푼이에요. 사람들이 말해 줬죠, 어르신의 좋은 친구셨던 아가씨의 아버지를 고려해서, 어르신께서 율리아네 아가씨를 아홉 살 때부터 거둬 자비를 베풀어 키우셨다고요.

크리잔더 그렇다면 너한테 거짓말을 하진 않았군. 그래서 내 아들 말고 다른 어떤 놈이 그 아이를 가질 수는 없다는 거야. 그 녀석만 만일 -- 그러니까 봐라, 안톤, 너한테 모든 수수께끼를 설명해 줘야겠다. - 단시간에 율리아네를 부자로 만드는 건 내게 달려있지.

안톤 그렇죠, 어르신 돈으로요. 그리고 그 방법으로 어르신께선 저도 부자로 만드실 수 있겠죠. 그런 선행을 베풀어 주시렵니까?

크리잔더 아니, 내 돈으로가 아냐. - 너 입 다물고 있을 수 있겠어?

안톤 그렇게 만들어 보시죠.

크리잔더 잘 들어. 이건 율리아네의 재산과 관련된 거야. 결국엔 내려놓아야 했지만, 그 아이 아버지는 죽기 얼마 전에 자기 전 재산이 걸린 소송을 했어. 그런데 지금 그 친구가 그렇게 찾아도 헛수고였던 확실한 문서가 내 손에 들어왔단 말이다. 그리고 그건 소송 전체를 달리 판단할 수 있게 해 준단 말이지. 그 소송을 다시 시작하는 건 내가 돈을 얼마나 내놓느냐에 달려 있어. 그 문서를 난 이미 드레스덴에 있는 내 변호사에게 보냈지. --

안톤 다행입니다! 어르신은 다시 상인이 되시는 거니까요. 좀 전에는 어르신을 어떻게 대해야 할지 모르겠더라고요. -- 그런데 율리아네 아가씨의 동의는 얻으신 거죠?

크리잔더 아, 그 착한 아이는 스스로 말하듯 모든 일에 내 말을 따를 거다. 그러던 중에 팔러가 그 아일 바란 거야. 그래서 얼마 전에 그놈이

나한테 지 생각을 털어놨지. 내가 그 문서들을 얻기 전에 --

안톤 예, 그때 우리는 율리아네 아가씨에게 그렇게 큰 관심을 두진 않았죠. 그래서 어르신께선 팔러에게 희망을 주셨던 거죠?

크리잔더 그렇지. 그놈이 오늘 베를린에서 다시 돌아와서 날 보자고 한 거야. 걱정이다, 걱정이야 -- 그래도 내 아들이 원하기만 하면 -- 그리고 그 녀석을, 안톤, 내 말을 이해할 거다 -- 바보는 여러 면에서 이해될 수 있는 거다, 그래서 너 같은 사람은 내 아들 놈을 여러 면에서 이해할 수 있는 거지. - 넌 내가 고맙게 여기고 있다는 걸 알게 될 거야.

안톤 그리고 어르신께선 제가 전적으로 어르신을 위해 봉사한다는 걸 아시게 될 겁니다, 그 고마움의 표시가 먼저 절 자극하면 더더욱 말이죠 -

7장

안톤, 크리잔더, 율리아네

율리아네 가 보세요, 아저씨, 얼른 내려가 보세요. 팔러 씨가 아저씨한테 인사드리려고 와 있어요.

크리잔더 아주 즐거워하는구나, 꼬마 아가씨!

안톤 (침착하게 크리잔더에게) 휴! 팔러가 이미 새를 잡았네요.

크리잔더 그건 나한테 달렸어.

(안톤과 크리잔더 퇴장한다.)

8장

율리아네, 리제테

리제테 (옆방에서 내다보며) 쉿! 쉿! 쉿!

율리아네 아니, 이게 누구한테 하는 소리야? 리제테? 너야? 여기서 도대체 뭐 하는 거야?

리제테 네, 아가씬 다미스 도련님이 저를 숨겨야 할 정도로 저와 도련님이 서로 많은 걸 알게 되었다는 사실을 절대 믿지 못하실 거예요. 전 이미 도련님을 제 마음대로 할 수 있는 걸요! 조금 전처럼 또 담화를 나누기로 했고요, 도련님은 제 손바닥 안에 있어요.

율리아네 이렇게 별 농담을 다하지만, 내가 정말 올바른 생각을 한 것일까? 하늘이 원하신 것일까, 이 결합은, 우리들 사이에 그 사람 아버지가 --

리제테 아하, 그 사람 아버지요! 교활한 늙은이! 그 구두쇠! 이제야 그분을 알게 되었다고요.

율리아네 너 그분한테 무슨 호칭이야? 그분의 자비로움이 정말 클 뿐인데. 그분은 좋은 일을 완벽하게 다하시려고 당신 아들과 결혼을 제안하시고 더불어 전 재산도 주시려는 건데. 하지만 이 순간 난 너무 불행해! - 감사함과 사랑이, 팔러에 대한 사랑, 그리고 감사함이 --

리제테 바로 좀 전까지만 해도 전 잘못 생각하고 있었다니까요. 하지만 제 말만 믿으세요, 그분 입에서 나온 소리로 다 알게 되었어요. 아가씨가 좋아서가 아니라 아가씨 재산이 좋아서 결합시키려는 거예요.

율리아네 내 재산? 무슨 말도 안 되는 소리야? 그분이 주신 것 말고 나한테 뭐가 있어?

리제테 가요, 가요. 여긴 이야기를 계속 나눌 만한 장소가 아니에요. 제가 들은 걸 다 말씀드릴게요.

(1막 끝)

2막

1장

리제테, 팔러, 율리아네

리제테 (무대 뒤에서) 이리 들어오세요. 다미스 도련님은 나가셨어요. 여기서 안심하고 이야기 나누실 수 있을 거예요.

율리아네 그래요, 팔러, 결심이 섰어요. 전 그분께 너무도 많은 빚을 지고 있어요. 그분은 선행을 베푸셨으니 저에 대해 제일 큰 권리가 있어요. 어떤 대가를 치르더라도, 전 결혼을 해야 해요, 크리잔더 아저씨가 원하시니까요. 아니면 사랑을 위해 그 고마움을 저버려야 할까요? 당신은 고결한 사람이에요, 팔러, 당신과 교제하면서 더 기품 있게 생각하는 법을 배웠어요. 당신한테 가치 있어 보이기 위해서라도 전 행복을 포기하고 의무를 다해야 해요.

리제테 기막힌 도덕이야! 정말!

팔러 그럼 약속은, 맹세는, 믿음은 어디로 간 거죠? 잘못된 의무를 이행하려고 실제로 우리가 맺은 다른 의무를 위반하는 일이 허락되어 있단 말인가요?

율리아네 아, 팔러, 이런 약속에는 뭐가 필요한지 더 잘 아시잖아요. 제 연약함을 악용하진 마세요. 거기엔 아버지의 승낙이 없었어요.

팔러 무슨 아버지?

율리아네 바로 그분요, 선행을 베푸셨으니 제가 그렇게 불러야 하는 분 말이에요. 아니면 가난과 그에 따르는 모든 불행에서 구해주신 게 선행이 아니란 말씀인가요? 아, 팔러, 크리잔더 아저씨의 세심함이 제게 덕성과 예의를 만들어 주지 않았더라면 전 당신의 마음을 간직하지 못하겠죠.

팔러 선행의 대가를 받으려 한다면 그건 더 이상 선행이 아니에요. 그리고 크리잔더 씨가 당신 아버지의 재산 대부분을 당신이 다시 찾을 수 있게 할 방법을 안다는 이유로, 너무나도 양심적인 율리아네, 당신을 자기 아들과 결합시키려 하는데, 그 사람이 무슨 다른 행동을 할 수 있겠어요?

율리아네 그 기막힌 이야기를 곧이 듣진 마세요. 리제테가 무슨 말을 들었는지 누가 알아요?

리제테 그분의 불필요한 행동에 완전히 일치하는 말 외에는 아무것도 못 들었죠. 자기가 선행을 베풀었다고 벌써부터 다 떠벌리고 다니면서, 그걸 하나하나 손가락으로 꼽고 있는 한 남자가 순전한 신의 보상 그 이상을 구하고 있다니까요. 그리고 단지 자기 이익에만 관대한 한 남자에게 매여 있다는 불쾌함 때문에 아가씨는 처음 눈물을 흘리는 거겠지요?

팔러 리제테 말이 맞아! -- 하지만 유감스럽게도 이런 생각이 드네, 이젠 율리아네가 나를 사랑하지 않는다고.

율리아네 이젠 율리아네가 당신을 사랑하지 않는다고요? 그 의심은 율리아네한테 완벽한 고통을 주기엔 아직 부족하군요. 사랑의 충고에 귀를 닫아 버리는 게 율리아네에게 얼마나 큰 아픔을 주는지 당신이 아신다면, 팔러, 당신이 아신다면 - 아, 남자들이란 불신만 가득하군요!

팔러 온 행복을 다 잃을 위험에 처해 있는 사랑하는 사람의 두려움을 오해하지 말아요. 아직 날 사랑하나요? 그런데 다른 남자한테 자신을 맡기고 싶은 거예요?

율리아네 제가 그렇게 하고 싶다고요? 더 자극적으로 절 고문하실 수 있으실 텐데요? 제가 그렇게 하고 싶다고요? -- 말해 봐요, 제가 그렇게 해야만 하는 거냐고.

팔러 그렇게 해야만 하는 거냐고? 차라리 강요를 핑계 삼는 게 낫겠다는 마음 말고 내 마음은 지금껏 한 번도 강요받지 않았어요 --

율리아네 당신 비난이 너무도 멋져요, 너무도 멋져요! 불쾌하니 당신을 떠나 드리죠.

팔러 가지 말아요, 율리아네, 최소한 지금 내가 어떻게 해야 할지 말해 줘요.

율리아네 제가 할 건, 운명에 맡기는 것뿐이에요.

팔러 아, 아무 죄도 없는 운명은 끌어들이지 말아요.

율리아네 아무 죄도 없는? 그러면 제가 죄인이 되겠죠? 더는 날 붙잡지 마세요 --

리제테 이제 내가 바로 끼어들지 않으면 이 사람들이 너무도 사랑하는 나머지 싸우게 되겠군. - 어떻게 해야 하냐고요, 팔러 씨? 대단한 질문이네요! 천국과 지옥이 다 흔들리겠어요, 하지만 착한 아가씨를 흔들어서는 안 되죠! 아버지가 다른 생각을 갖도록 하는 거예요, 그 아들은 팔러 씨 편으로 끌어들이고. -- 아들 문제는 분명, 좋은 방법이 있어요, 그건 제게 맡겨만 두시고요. 착한 다미스! 제가 의심할 바 없이 그 사람한테 아양 떠는 첫 번째 여자이고요, 그래서 그 사람이 아양을 떠는 첫 번째 여자가 되길 바라는 거죠. 사실 말이죠, 그 사람은 무척 허당이고 전 아주 능수능란하거든요, 그래서 그 망할 놈의 아버지만 아니었으면 전 그 사람한테 아내로 절 추천하려 했다니까요! -- 아시겠죠, 팔러 씨, 이 기발한 생각은 율리아네 아가씨한테서 나온 거예요! 이제 그 아버지를 잡을 덫을 놓아 보세요 --

율리아네 너 무슨 말을 하는 거야, 리제테? 나한테서 나왔다니? 아, 팔러, 이런 미친 얘기는 믿지 마세요! 그 사람한테 나에 대한 나쁜 인상을 주라는 것 말고 내가 무슨 다른 명령을 했단 말이니?

리제테 네, 맞아요. 아가씨에 대한 나쁜 인상 -- 그리고 가능하다면 그만큼 저에 대한 좋은 인상을 주라고.

율리아네 아냐, 너희들 정말 참을 수 없구나 --

팔러 최소한 설명을 해 봐요, 율리아네 --

율리아네 설명하라고요? 뭘요? 어쩌면 제가 당신 품으로 달려들고 싶다고 말인가요? 그리고 제가 모든 미덕을 모욕한다고요? 당신이 보기에 어쩔 수 없이 언젠가 제 자신을 경멸하도록 만들어 버릴 수밖에 없는 욕망과 열정으로 제가 당신 여자가 되려고 애쓸 거라고요? 아니에요, 팔러 --

리제테 아가씨가 우리에게 마음대로 행동해도 좋다고 하는 걸 못 들으셨어요? 아가씨는 그 아름다운 아스파시아[23]처럼 행동하고 있어요. -- 아니면 그 두꺼운 소설책에 나오는 공주 이름이 뭐였죠? 기사 둘이 공주를 원했죠. 그 아름다운 아스파시아가 말했죠, 너희들 서로 싸워라, 이기는 자가 날 갖는다. 하지만 그녀는 다른 기사보다 푸른색 갑옷을 입은 기사에게 더 호의를 보였는데 --

율리아네 아, 바보 같은 여자였어, 자기 푸른 기사와 --

(몸을 뿌리치고 퇴장한다.)

2장

리제테, 팔러

리제테 하! 하! 하!

팔러 난 웃음이 안 나와, 리제테.

리제테 우습지 않아요? 하! 하! 하!

팔러 날 비웃는 것 같군.

리제테 아, 같이 웃어요! 아니면 같이 웃지 않으려는 것에 전 또 한 번 웃어야 할 거예요. 하! 하! 하!

팔러 포기하고 싶군! 율리아네가 날 여전히 사랑하는지 불확실하니 -

23 Aspasia(기원전 470~기원전 400). 아테네에서 영향력 있던 미모의 여성이자 정치인 페리클레스의 애인이다. 깊은 통찰력과 선견지명이 있던 인물로 평가된다.

리제테 불확실? 남자들이란 다 그렇게 납득시키기가 어려운가요? 남자들이란 사랑이 조금만 달궈 놓으면 곧바로 화만 내고 믿지 못하는 사람이 되나요? 팔러 씨, 변덕은 가게 내버려둬요, 아니면 전 또다시 웃어야 할 거예요. 차라리 팔러 씨가 가진 오성에 집중해서 뭔가 좀 짜내봐요, 그 늙은 크리잔더를 --

팔러 크리잔더 씨는 날 믿지 않아, 그리고 믿을 수도 없고. 그 사람은 내가 율리아네에게 관심이 있다는 걸 알고 있지. 내가 아무리 설득하려 해도 소용없을걸. 그 사람은 그 속셈이 누구에게서 나왔는지 알아차릴 거야. 내가 정식으로 청혼한다 해도 그게 무슨 소용이겠어? 그 사람은 아버지가 은혜를 베풀었으니 율리아네에 대해 가장 큰 권리를 갖는 건 자기 아들이고, 그래서 내가 그 아들보다 뒤진다고 내 면전에 대고 말할 만큼 뻔뻔하지. -- 그러니 내가 뭐부터 시작해야 할까?

리제테 그저 어디서나 평탄한 길만 가려고 하는 별스러운 사람들하고는! 저한테 어떤 생각이 떠올랐는지 들어 보세요. 그 문서인가 나발인가, 그게 크리잔더 씨가 이 결혼에 흥미를 갖게 만드는 유일한 것이죠. 그래서 그 사람은 그걸 이미 자기 변호사에게 보냈어요. 어떻게든 그 변호사가 보낼 편지를 위조할 수 있다면, 그 편지로 -- 그 편지로 --

팔러 그 편지로 크리잔더 씨가 그 문서의 유효성을 의심하게 만든다, 그걸 말하려는 거야? 나쁜 생각은 아니네! 하지만 그 변호사가 크리잔더 씨한테 완전히 반대로 써 보낸다면 우리 속임수가 탄로 날 텐데.

리제테 무슨 반박을 하시는 거예요! 당연히 그 변호사를 매수하셔야죠. 애인이 뭔가 대가를 치러야 하는 건 예전부터 있어 왔던 일이에요.

팔러 하지만 변호사가 정직한 사람이라면?

리제테 정말 세상 물정 모르시네. 선물 같은 거요, 변호사란 그런 거예요. 아무것도 들어오지 않으면 가장 비열한 사기꾼이 가장 정직한 인간이 되는 거죠. 하지만 작은 것이라도 받게 되면 양심은 거기에 상당 부분 균형을 맞추어요. 그러면 유혹이 솟아오르죠. 그러다 약간의 심사숙고가 그 유혹을 다시 누그러뜨리고. 하지만 정말 큰 게 들어오면 정직한 변호사는 이제 정직한 변호사가 아닌 거예요. 정직함을 선물받은 금덩이와 함께 보관하게 되고 그러면 금덩이보다 정직함이 먼저 녹슬기 시작하죠. 전 이런 분들을 잘 알아요!

팔러 네 판단은 너무 일반적이야. 그런 위치에 있는 사람들이 다 똑같은 건 아니지. 난 나이 든 올바른 법률가들을 여럿 알고 있어 --

리제테 그 늙은이들하고 뭐 하시게요? 말씀하셨지만, 크고 둥근 소맷단, 작고 뾰족한 단추, 끔찍한 주름 옷깃, 아마 그걸로 돛도 만들 수 있을 거예요, 넓적한 사각 구두, 깊은 주머니, 간단히 말해서, 팔러 씨의 대부께서 기념일에 치장하고 싶어 했을 그런 모든 복장은 지금도 여전히 유행이겠죠, 왜냐하면 아직도 이따금 여기저기에 그런 복장을 하고 등은 굽은 채 떨면서 골목을 기어다니는 몇몇 남자들이 보이니까요. 그 사람들, 그 늙은 정직한 변호사들은 죽게 내버려두세요. 유행과 정직함이 한 길을 걷는 거죠.

팔러 듣던 대로 여자란 말이 청산유수군!

리제테 제가 험담이나 하고 있다고 생각하세요? 아, 맞아요! 그저 험담 때문에 제가 이렇게 잔뜩 수다를 떤 게 아녜요. 제 절실한 의도는 돈이 어디서 얼마나 많은 일을 할 수 있는지, 그리고 애인이 여군주에게든 변호사에게든 모든 이에게 아낌없이 줄 때 어떤 뛰어난 승부를 펼칠 수 있는지를 팔러 씨에게 가르쳐 드리려는 거였어요 -- 그럼 충직한 하녀는 이만 (허리 굽혀 인사한다.)

팔러 내가 고맙게 생각하고 있다는 걸 믿어 줘. 우리가 행복하게 되면 네게 정말 큰 혼수를 약속하지.

리제테 아이, 무슨 그런! 혼수라뇨? 그럼 제가 꾸물대길 바라는 건 아니죠?

팔러 믿지 못하겠으면 거기다 남자까지 약속하지. -- 어서 가 봐, 율리 아네가 분명히 우릴 기다리고 있을 거다. 우리 일에 대해선 함께 또 생각해 보자.

리제테 먼저 가세요, 저는 여기 좀 더 있어야 해요, 우리 젊은 학자님한테 --

팔러 그 사람은 아마 아래층에 자기 아버지와 있을 거야.

리제테 우리끼리만 얘기할 게 있어요. 가세요! 크리잔더 씨와 아직 아무 얘기도 안 하셨잖아요?

팔러 내가 이런 상황을 면할 수만 있다면 무슨 대가라도 치르겠다! 그 사람 때문이라도 정신병원보다 더 기분 나쁜 이 집을 떠나야겠어, 더 즐거운 일도 없을 테니 --

리제테 그럼 어서 가세요, 더 즐거운 일이 더 오래 기다리게 하지 마시고. (팔러 퇴장한다.)

3장

안톤, 리제테

안톤 아니? 이 여자가 뭘 하려는 거야? 우리 도련님 연구실에서? 막 팔러가 나갔고, 좀 전에는 율리아네 아가씨가 나갔는데, 넌 아직도 여기 있어? 여기서 무슨 모임이라도 한 모양이군. 기다려, 리제테. 도련님한테 다 말씀드릴 테다. 복수할 거야, 어제 일에 대해서 말이야, 기억하고 있겠지?

리제테 잔소리할 모양이네? 어제 일로 뭘 어쩌겠다는 건데?

안톤 따귀 때린 사람은 그걸 쉽게 잊겠지만, 맞아서 이가 흔들리는 사람은 한동안 잊지 못하지. 기다려! 기다리라고!

리제테 누가 너보고 나한테 키스하라고 했어?

안톤 젠장, 니들한테 키스하려는 이들이 다 따귀를 맞아야 한다면 따귀 때리는 게 아주 일상이 되겠군. -- 이제 우리 도련님이 널 호되게 -

리제테 도련님? 그분은 나한테 볼일이 많지 않을 텐데.

안톤 많지 않다고? 그분께선 연구실처럼 신성한 장소는 너희 같은 불결한 피조물이 더럽혀서는 안 된다고 몇 번이나 말씀하시지 않았나? 학식의 신은 — 기다려 봐, 그분이 그 신을 뭐라고 하셨더라? -- 아폴로 -- 계집을 견디지 못한다 하더라. 그 신한텐 계집 냄새는 너무 역겹다지. 그래서 계집만 보면 마치 비둘기를 보고 달아나는 매처럼 도망쳐 버린다더라. - 그러니 넌 네가 이 방에서 도련님이 사랑하는 신을 쫓아 버렸다는 걸 우리 도련님이 알아차릴 거란 생각이 들겠지?

리제테 너 같은 바보는 그 사랑스런 신이 너희 남자 곁에만 있다고 생각하겠지? 닥쳐, 안 그러면 --

안톤 그래, 어제처럼 한 대 올려붙이시려고?

리제테 더 좋은 걸로 한 대 더! 이 멍청이가 어제 한 대가 아니라 여러 대 맞았어야 하는데. 이 멍청이가 나한테 다가와서는, 날은 어둑해졌는데, 나한테 키스하려고 들어서 밀쳐 냈더니, 또 달려들어서, 주둥이를 한 대 갈겼지, 꽤 아팠을 거야, 그제서야 얌전해져서 욕을 하고 가 버렸지 -- 그 생각만 하면 당장 또 한 대 때려 주고 싶네.

안톤 그럼 네가 자주 애무해 주길 기다리기라도 해야 했단 말이야?

리제테 정신 차려, 그런 게 몇 번 이어진대도 차츰 약해지는 거지. 아마도 마지막엔 전혀 -- 그래서 멍청한 놈은 아무것도 얻지 못하는 거야.

안톤 무슨 소리야? 너 진심이야, 리제테? 그 따귀는 바로 잊을 생각이고, 너하고 다시 화해할 생각도 있어.

리제테 맘대로 하셔. 지금 네 호의가 나랑 무슨 상관이야? 난 완전히 다른 사냥감을 뒤쫓고 있는데.

안톤 다른 사냥감? 아이구 아파라, 리제테! 또 따귀를 맞았네, 잊지 않을 거야! 다른 사냥감? 네 그물로 뛰어든 것 하나로 충분할 거라 생각했는데.

리제테 그건 신경 쓸 거 없고. - 말해 봐, 네 도련님 어디 있어?

안톤 오래 나가 계신 걸 고마워하라고, 그리고 어서 여길 나가. 도련님과 마주치면 넌 두들겨 맞고 내쫓길 테니.

리제테 그건 내가 알아서 할 일이고! 도대체 어디 있어? 우체국에서 아직 안 돌아왔나?

안톤 도련님이 우체국 간 걸 어떻게 알았어?

리제테 알고도 남지. 처음엔 널 보내려 했는데. 하지만 왜 직접 간 거지? 하! 하! 하! "이 게으름뱅이하곤 아무것도 못 하겠네." 사실, 그런 칭찬이 내가 널 진짜 사랑하게 만든단 말이야.

안톤 어떤 망할 놈이 그런 것까지 말해 줬어?

리제테 오, 아무도. 그냥 말해, 도련님 돌아왔어?

안톤 이미 오래전에. 아래층에 아버지와 함께 있어.

리제테 그러면 둘이서 뭐해?

안톤 뭐 하냐고? 말싸움하고 있지.

리제테 아들이 아버지한테 자기 재능을 증명하려는 거야?

안톤 뭐 그럴 게 틀림없어. 다미스는 완전히 제정신이 아니거든. 그 노인네를 한 마디도 못 하게 하고, 자기가 봤던 수천 권의 책을 하나하나 열거하는 거지, 자기가 읽었던 수천 권을, 또 자기가 쓰고자 하는 다른 수천 권, 그리고 이미 쓴 수많은 소책자들을. 그리고 자기한테 찬사를 글로 써 줄, 인장까지 꽉 찍어서, 공짜로는 안 해 줄 교수들 이름을 잔뜩 대는 거야. 또는 판만 깔아 주면 한 젊은 학자를 위해 기차게 나발을 불어 줄 신문쟁이 이름을 잔뜩 주워 대고, 아니면 자기한테 같이 일하자고 간청했던 모든 잡지쟁이들 이름을 다 대겠지. 아버지는 완전히 놀라서 아들 건강을 걱정하는 거지. 아버지는 다른 문제로 소리치는 거야, 아들, 그렇게 흥분하지 마라! 그쯤 해라! 그래, 알았다! 스스로 만족할 줄도 알아야지! 그건 그런 뜻이 아니었잖니!

리제테 그럼 다미스는? --

안톤 그래도 다미스는 누그러들지 않지. 결국에는 아버지가 공격하는 거야. 힘으로 윽박지르기도 하고, 이 세상 어느 누구도 얻지 못했고, 얻지 못하고 있고, 얻지 못할 칭송을 잔뜩해서 누그러뜨리는 거지. 그러면 아들은 다시 이성을 찾고, 그러다가 -- 둘은 또 다른 문제, 다른 일로 넘어가는 거야, -- 뭐냐면 --

리제테 도대체 뭐로?

안톤 다행이다, 내 입을 다물 수 있어서!

리제테 말 안 해 줄 거야?

안톤 절대! 난 형편없는 놈이긴 하지만 입단속만큼은 --

리제테 내가 당신을 잘 아는데?

안톤 내 생각엔, 내가 입을 다무는 게 너한테 좋을 거야, 특히 결혼 문제에 대해, 또는 그 일에 관련된 건 --

리제테 아무것도 모른다? 옛날부터 그럴 줄 알았어.

안톤 이 여자가 날 아주 바보로 만들려고 하네. 내가 너한테 말해 줄 필요는 없을 텐데? --

리제테 물론 없겠지! 하지만 당신의 그 무례한 불신에 복수하려면 내가 뭘 해야 할지는 잘 알지. 나 같은 일을 하는 여자에게 감히 입을 다물어선 안 될 텐데! 아까 당신이 당신 도련님에 대해 뭐라고 했는지 기억하시겠지?

안톤 기억? 할 일이 많아서 하루 종일 그렇게 말을 많이 해야 하는 나 같은 남자가 쓸데없는 걸 다 기억해야 하나?

리제테 자기 주인을 헐뜯는 건 좀 지나치단 생각이 드는데.

안톤 뭐? 헐뜯어?

리제테 하, 하! 할 일이 많으신 남자분께서 이제 기억이 나시나 보네? 좀 전엔 도련님에 대해서 아버지한테 뭐라 말했지?

안톤 이 아가씨한테 악마가 들어 있거나, 아니면 그 망할 노인네가 수다를 떨었군. 이봐, 리제테, 내가 한 말을 다 알고 있는 거지? 도대체 그게 뭐였는데? 한번 말해 봐.

리제테 내가 당신 주인한테 다 일러바치면 다 듣게 되겠지?

안톤 아, 사실, 그런 일엔 신중할 거라 생각해. 도련님이 날 못 믿게 만들려는 건 아니겠지? 네가 정말 뭘 알고 있다면 바보가 되지 말라고! -- 니들 여자란 족속은 농담을 전혀 이해 못 해! 난 따귀 때린 것도 용서했는데, 넌 사소한 장난 좀 쳤다고 복수하려는 거야? 너한테 다 말해 주지.

리제테 그럼 말해 봐 --

안톤 그런데 넌 아무 말도 안 해? -

리제테 당신이 말을 많이 하면 할수록 난 말이 더 적어져.

안톤 아버지가 아들에게 율리아네와의 결혼을 다시 제안한 것 말고 큰 일이 뭐겠어? 다미스는 꽤 신경 쓰는 걸로 보였고, 그리고 -- 더는 말 못 해.

리제테 더는 못 해? 좋아, 좋아, 당신 주인한테 다 말할 거야.

안톤 아이구, 제발, 리제테, 그럼 이것만 고백할게.

리제테 그럼 고백하셔!

안톤 이것만 고백할게, 사실은 아무것도 더는 들은 게 없다 이거야. 마침 심부름 갔었거든. 자리에 없는데 많은 얘길 들을 수는 없다는 걸 너도 잘 알잖아 --

리제테 그렇기야 해. 하지만 어떻게 생각해, 다미스가 결심할까?

안톤 도련님이 아직 결심하지 않았다면 그렇게 하도록 내가 최후의 수단을 써야지. 그럼 난 그 노력의 대가로 보상을 받을 거고, 리제테. 그러면 너도 알지, 내가 보상을 받으면 너도 --

리제테 응, 응, 나도 약속해, 큰 보상을 받게 될 거야! - 어디 해 보셔! -

안톤 어떻게?

리제테 용기를 한번 내 보시던가!

안톤 뭐?

리제테 멍청이! 우리 아가씨는 다미스를 원하지 않는다고 -

안톤 그게 무슨 일이야? -

리제테 따라서 도련님이 아가씨를 얻지 말아야 한다는 것이 내 생각이고.

안톤 따라서 우리 도련님이 아가씨를 원한다면 도련님이 아가씨를 얻어야 한다는 게 내 생각이어야 하겠네.

리제테 들어 봐! 내 남편이 되고 싶으면서 네 생각만 하려는 거야? 이봐, 그런 생각은 하지도 마! 네 생각이 내 생각이어야 하는 거야, 아니면 -

안톤 쉿! 젠장! 그분이 오네, 들려? 온다고! 이 방을 나가야 해. 최소한 숨던지, 숨어! 안 그러면 너나 나나 죽음이야.

리제테 (방백으로) 기다려, 너희 둘을 속여 넘길 테니! -- 하지만 어디로? 어디로? 저기 옆방으로?

안톤 그래, 그래, 오기 전에 얼른 들어가. 어쩌면 바로 다시 나갈 테니까. -- 그리고 난, 난 잽싸게 여기 앉아야겠다 -- (책상에 앉아서 책을 한 권 집어 들고 마치 다미스를 눈치채지 못하는 척 행동한다.)

4장

안톤, 다미스

안톤 (혼잣말로) 그래, 학자들이란 - 얼마나 불행한 사람들인지! -- 우리 아버지는 바보가 아니셨어, 내가 그런 직업을 갖게 만들지 않으셨으니! 빌어먹을, 우리 도련님처럼 이 세상 모든 걸 다 안다면 그게 무슨 재미람! -- 젠장, 이 책들을 다 이해해야 하나! -- 이런 것들 속에 묻혀 있으면 읽는 게 좋든 싫든 이미 완전히 다른 인간인 거지! -- 느껴진다, 정말 느껴져, 여기에서 오성의 향기가 내게 다가오는구나. - 분명, 그분이 옳았어, 학식이 없으면 짐승인 거야. -- 난 어리석은 짐승이야! -- (방백으로) 아니, 이 사람이 얼마나 더 욕을 하게 만들 참이야? -- 우린 바보 한 쌍이야, 나하고 우리 도련님! -- 그분은 최고 학자, 난 최고 무식한 놈이니까. -- 오늘부터 독서를 시작해야겠어. -- 내가 팔십 년 정도 살면서 이 세상에 무엇이라도 남길 수 있다면 완벽한 남자가 될 수 있을 거야. -- 새롭게 시작하는 거야! 여긴 책도 충분해! -- 제일 얇은 것부터 찾아야겠다, 처음부터 무리할 필요는 없으니까. -- 하! 여기 제일 좋은 작은 책이 있네. -- 이런 책이라야 즐겁게 공부하게 되는 거지. -- 새롭게 시작하는 거다, 안톤! -- 뒤부터든 앞부터든 똑같은 거겠지? -- 사실, 오랫동안 이렇게 어리석은 하인을 데리고 있다는 건, 놀랍게, 소름 끼치게, 엄청나게 배우신 우리 도련님한테는 창피한 일이겠지 -

다미스 (그러는 사이에 안톤에게 바싹 다가와서) 그렇지, 당연히 그 사람에겐 창피한 일이겠지.

안톤 깜짝이야! 도련님 --

다미스 놀라지 마라, 다 들었다 --

안톤 다 들으셨다구요? 제가 뭔가 잘못 말했다면 천만 번 죄송합니다. -- 제가 완전히 빠져서, 학식의 아름다움에 완전히 빠져서 -- 제 어리석은 행동을 용서하세요 -- 저 같은 놈이 학식을 갖추고자 했으니.

다미스 네가 평생 가졌던 생각 중 제일 똑똑한 생각이니 창피해하지 마라.

안톤 이십 년 전에 똑똑한 생각을 했어야 했는데.

다미스 날 믿어, 학문을 하기에 넌 아직 늙지 않았어. 우리 공화국에 똑같이 뮤즈의 품에 뛰어들지 못한 자들이 꽤 있지.

안톤 전 뛰어들 뿐만 아니라 아예 뮤즈와 한몸이 되겠습니다. - 그런데 그 사람들은 어느 도시에 있죠?

다미스 어느 도시?

안톤 네, 그 사람들과 사귀려면 거길 가 봐야지요. 그 사람들은 어떻게 시작했는지 제게 말해 줄 겁니다.

다미스 도시라니 무슨 소리야?

안톤 공화국이 뭔지 제가 모른다고 생각하시는 거죠? -- 예를 들면 작센 같은 - 공화국은 도시보다 더 많은 걸 갖고 있겠죠? 아닌가요?

다미스 이런 바보 같으니! 나는 학자 공화국을 말하는 거야. 우리 학자들에게 작센이 무슨 상관이고, 독일이, 유럽이 무슨 상관이야? 나 같은 학자는 세계를 위해 존재하는 거야, 학자는 세계주의자야. 학자는 지구를 비춰 주는 태양이야 --

안톤 그럼 그건 어디 있어요, 학자 공화국요.

다미스 어디 있냐고? 멍청한 놈! 학자 공화국은 어디에나 있어.

안톤 어디에나? 그럼 그건 바보 공화국과 한곳에 있나요? 사람들이 제게 말해 줬는데요, 그것도 어디에나 있대요.

다미스 물론 바보와 똑똑한 사람, 학자와 무식한 자들은 어디에나 섞여 있지, 그래도 분명한 건 무식한 자들이 언제나 대부분을 이루고 있다는 거야. 우리 집에서도 볼 수 있잖아. 내가 얼마나 많은 바보들과 무식한 이들한테 둘러싸여 있는지 너도 알지 않나? 그중 몇몇은 아무것도 모르고, 자기들이 아무것도 모른다는 사실을 알고 있을 뿐이지. 네가 그런 사람들에 속해. 그래도 그 사람들은 뭔가 배우려고 하지. 그래서 그런 사람들은 제일 봐줄 만해. 다른 사람들은 아무것도 모르고 무언가 알려고 하지도 않아. 그런 자들은 자기들이 무식한 게 행복한 거라고 생각하지. 학식의 빛이 무서운 거야 --

안톤 이런 올빼미 같은 것들!

다미스 또 다른 자들은 아무것도 모르면서 뭔가 알고 있다고 믿지. 그자들은 아무것도, 전혀 아무것도 배우지 않았고, 그런데 자기들이 뭔가 배운 것처럼 허세를 떨려 해. 이들이 제일 참기 힘든 바보들이고, 사실 고백하자면, 우리 아버지도 여기에 속해.

안톤 그래도 아버지를, 좀 생각해 보세요, 아버지를 진짜 바보로 만들려는 건 아니죠?

다미스 구별하는 법 좀 배워라! 아버지라서 아버지를 욕하는 게 아니고, 쓸데없이 배운 척하니까 욕하는 거야. 그런 점에서 아버진 내 분노를 사는 거지. 난 이미 아버지가 못마땅한 점을 자주 이해시켜 드렸어. 아버진 상인인데, 좋은 물건과 나쁜 물건, 합당한 돈과 잘못된 돈만 알면 되고, 최소한 전자를 위해 후자를 포기할 줄만 알면 되는 사람인데 말이야. 그리고 내 말은, 내가 여전히 기억하는 것인데, 조금 배운 걸 그렇게 과시하려 하시니 말이야. 이런 뜻에서 아버지는 바보인 거야, 그분이 내 아버지이길 원하든, 아니든.

안톤 유감입니다, 정말 유감이에요! 제가 어렸을 때 "그런 점에서"나 "이런 뜻에서"란 말을 몰랐던 게 말이에요. 확실히 우리 아버지는 저한테 쓸데없이 그 많은 몽둥이질을 하지 말았어야 했는데. 우리 아버진 그걸 다 제대로 되돌려받았어야 해요, 우리 아버지라는 그런 점에서가 아니라, 나를 우선 두들겨 패고 본 사람이라는 그런 점에서 말이죠. 학식 만세!

다미스 잠깐! 그 생각에 아주 적합한 자연법의 원칙이 생각나는구나. 홉스[24]를 조사해 봐야겠다! -- 기다려! 그걸로 정말 멋진 책을 써야겠어!

안톤 아버지한테 몽둥이질을 그대로 되갚아 줘도 되는지 증명해 보이시게요? --

다미스 물론 Certo respectu.[25] 다만 아버지를 때릴 땐, 그게 아버지가 아니라 공격자를 때리는 걸로 가정한다는 점을 주의해야지. 그렇지 않으면 --

안톤 공격자? 그게 뭐죠?

다미스 먼저 때린 사람을 뜻하는 거야.

안톤 하, 하! 이제 알겠습니다. 예를 들면, 도련님, 제 등짝을 흠씬 두들겨 패서 견딜 수 없게 만드는 그 작은 학식의 광기가 도련님께 또 재발하면, 그러면 도련님은 -- 뭐라 그랬더라? -- 공격자가 되는 거네요. 그리고 저는, 저는 그 공격자를 불쌍히 여길 권리를 갖게 되는 거고, 그리고 공격자에게 --

다미스 이놈, 미쳤군! --

안톤 걱정 마세요, 저는 거기서 도련님은 제외할 생각 정도는 할 줄 아니까 --

다미스 사실, 그건 어떤 원칙으로 이 진실 아니면 저 진실을 구별할 줄 모른다면 구제불능의 오류에 빠질 수 있는 특수한 예일 거다. 하인이 주인한테 당하는 구타는 자연법이 아니라 시민법에 속하는 거야. 하인이 몸을 빌려주는 거라면 그 등짝도 함께 빌려주는 것이지. 이 원칙을 명심해라.

---

24 Thomas Hobbes(1588~1679). 영국의 철학자. 법철학과 국가론으로 유명하다.
25 어떤 관점에서는.

안톤 그게 시민법에서 나온 거라구요? 아, 야비한 법이 틀림없군요. 이제 알았습니다! 빌어먹을 학식, 그게 두들겨 패는 걸 법적으로 보호해 주는 만큼 쉽게 두들겨 패도록 도와주는 거군요. 이리 붙었다 저리 붙었다 하는 것들을 제가 도련님만큼 잘 이해할 수 있다면 그 대가로 뭔들 내놓지 않겠습니까 — 아, 다미스 도련님, 제 어리석음을 불쌍히 여겨 주세요!

다미스 좋아, 그게 네 진심이라면, 공부를 시작해. 나를 본보기로 새로운 학식 귀의자를 만든다는 건 기쁜 일이지. 내가 성심성의껏 충고도 해주고 가르쳐 주면서 널 뒷받침해 주지. 네가 뭔가 이루어 내면 널 학계로 이끈다고 약속하마. 그리고 특별히 조치해서 널 학계에 알릴 것도 약속한다. 아마도 난 de Eruditis sero as literas admissis[26], 또는 de Opsimathia[27], 아니면 de studio senili[28] 뭔가 쓰게 될 기회를 갖게 될 거고, 그러면 넌 갑자기 유명해질 거다. 어디 한번 말해 봐, 네 학구열에 내가 약속할 게 더 있는지. 아까 손에 무슨 책을 들고 있었지?

안톤 그건 아주 작은 --

다미스 도대체 뭐였어? --

안톤 정말 예쁘게 제본된 거였죠, 책등과 둘레에 금박이 된. 그걸 어디 뒀더라? 여기! 여기요!

다미스 이걸 갖고 있었다고? 이걸?

안톤 예, 그거요!

다미스 이걸?

---

26 뒤늦게 학문에 이른 학자에 대해서
27 뒤늦은 학식에 대해서
28 노년의 공부에 대해서

안톤 제가 잘못했나요? 너무 예쁘고 작아서 -

다미스 더 좋은 걸 추천해 줄 수도 없었겠다.

안톤 그게 좋은 책이 틀림없다고 생각했죠. 아니라면 그렇게 표지가 예쁠 수 있겠어요?

다미스 이 세상에 둘도 없는 책이지. 내가 직접 쓴 거다. 보여? -- Auctore Damide![29]

안톤 도련님이 직접요? 그렇죠, 그렇죠, 의붓자식보다 제 자식에게 더 좋은 옷을 입힌다는 얘길 늘 들어 왔죠. 그건 아버지의 사랑을 증명하는 거죠.

다미스 난 이 책에서, 말하자면, 내 자신을 넘어섰지. 난 이 책을 자주 다시 읽을 때마다 뭔가 새로운 것을 배우고 있어.

안톤 도련님 자신의 책에서요?

다미스 그게 놀라워? -- 아, 제기랄! 이제야 생각나네, 아이구, 불쌍한 아가씨! 아직까지 저 옆방에 처박혀 있진 않겠지? (옆방으로 뛰어간다.)

안톤 아니, 어디 가시는 거예요?

다미스 뭐가 문젠데? 옆방에. 너 리제테 봤냐?

안톤 이제 난 망했다! - 아뇨, 다미스 도련님, 아뇨, 맹세해요, 걔는 거기 없어요.

다미스 그럼 나가는 거 봤어? 벌써 나갔나?

안톤 저는, 정말이에요, 거기 들어가는 거 못 봤어요. 거기 없어요. 믿어 주세요, 거기 없어요 --

---

29 저자 다미스

5장

리제테, 다미스, 안톤

리제테 물론 여기 있어요 -

안톤 아, 저게 돌았나!

다미스 그렇게 오랫동안 여기 처박혀 있었어? 불쌍한 리제테! 절대 그러려고 한 게 아니었어. 아버지가 바로 방에서 나갔더라면 다시 나올 수 있었을 텐데.

리제테 어떻게 해야 할지 모르겠더라고요. 그래서 절 숨겨 준 분이 직접 나오라고 할 때까지 기다리려 했죠.

안톤 빌어먹을, 저 여자가 어떤 숨겨 준 일을 말하는 거야? (리제테에게 조용히) 요 귀여운 것, 우리 도련님이 널 직접 숨겨 준 적이 있어? 어제 따귀 건을 어떻게 해석해야 할지 이제 알겠네. 요 앙큼한 것!

리제테 입 다물어, 내가 그때 너랑 같이 있었던 건 절대 말하지 마, 안 그러면 - 이미 알고 있겠지 --

다미스 너희 둘 거기서 뭘 속닥이는 거야? 내가 들으면 안 되나?

리제테 아무것도 아니에요. 이 사람한테 내려가 보라고 했을 뿐이에요, 아가씨가 날 찾거든 나갔다고 얘기하라고. 율리아네 아가씨는 의심이 많거든요, 제가 필요하면 여기까지 와서 절 찾으시니까요.

다미스 합리적이야. 어서, 안톤, 가 봐.

안톤 진심으로 그러길 요구하는 거야, 리제테?

리제테 물론, 가, 우리 둘만 있게.

다미스 안 가?

안톤 생각 좀 해 보세요, 다미스 도련님. 저 애 수다가 넌더리 나시면, 바로 그렇게 되실 텐데, 제가 여기 없으면 누가 도련님 방에서 저 애 쫓아내는 걸 돕겠습니까?

리제테 잠깐만, 내가 당신을 헐뜯을까 봐 --

다미스 신경 쓰지 마! 내가 귀찮아 하면 리제테는 스스로 알아차리고 갈 테니까.

안톤 하지만 잘 판단하세요. 도련님 연구실에 여자라니! 도련님의 신께서 뭐라고 하실까요? 신께서도 저런 해충은 참지 못할 걸요.

리제테 내가 널 이 방에서 내던져 버려야 하겠어?

안톤 그게 낫겠네. -- 계집애들이란! 이것들은 악마한테도 환심을 살 수 있다니까. (퇴장한다.)

6장

리제테, 다미스

다미스 그런데 우리 아까 어디까지 얘기했더라?

리제테 어디까지 얘기했었냐고요? 제가 늘 제일 듣기 좋아하고, 늘 제일 말하기 좋아하는 데까지요, 바로 도련님 칭찬 얘기까지요. 바로 면전에 대고 칭찬하는 게 전혀 낯간지러운 일이 아니라면! -- 제가 도련님을 고문하는 건 불가능하잖아요.

다미스 다시 한번 단언하지만, 리제테, 내 칭찬은 나한테 아무 상관없어.

난 그저 여러 사람들이 하나의 대상을 어떤 여러 가지 방식으로 관찰했는지 듣고 싶을 뿐이지.

리제테 모두가 다 스스로 칭찬할 만하다고 생각하는 그런 부분이 도련님한테도 있다고 칭찬했죠. 예를 들면 그 작고 뚱뚱한 남자가요, 진지한 표정에, 거의 웃지 않지만 한번 웃기 시작하면 그 들썩이는 배로 식탁까지 뒤엎어 버리는 --

다미스 그런데 그게 누구지? 리제테, 네 말로는 누군지 모르겠네 -- 그런 묘사로는 어려워! 묘사된 것을 한눈에 바로 알아볼 수 있게 정리하는 건 쉽지 않지. 내가 이런 저런 철학자들의 책에서, 그러니까 사실 이미 자기 이름이 어떤 종파명이 된 놈들한테서 자주 설명 대신 묘사를 마주하게 될 때보다 더 우스운 일은 없어. 그 훌륭한 분들에겐 판단력보다 상상력이 더 많단 얘기지. 설명에선 오성이 사물의 내면으로 파고들지. 하지만 묘사에선 피상적인 특징만, 그 --

리제테 우리 주제에서 벗어나고 있는데요, 다미스 도련님. 도련님 칭찬 --

다미스 아, 그렇지. 계속 해 봐, 리제테. 아까 우리 누구에 대해서 이야기하려 했지?

리제테 저, 그러니까 그 키 작은 남자를 모르신다는 거죠? 그 사람은 늘 뺨을 불룩거리는데 --

다미스 아가씨께서 혹시 그 늙은 시 의원을 말씀하시는 건가?

리제테 딱 맞아요, 하지만 그 사람 이름이 --

다미스 그게 무슨 상관이야? --

리제테 "네, 크리잔더 씨", 그 이름이 아무 상관없는 시 의원께서 이렇게 말씀하셨죠, "선생 아드님은 언젠가 세계 최고의 시 의원이 되실 수 있을 겁니다, 아드님이 그 일에 전념할 뜻만 있다면 말이죠. 여기에 필요한 건 활발한 정신입니다. 아드님은 그걸 가지고 있어요. 능수능란한 혀, 아드님은 그걸 가지고 있어요. 국가 운영에 대한 깊은 통찰, 아드님은 그것도 가지고 있어요. 자신의 생각을 고상하게 종이에 옮기는 재능, 아드님은 그걸 가지고 있어요. 불안한 시민들의 아주 작은 움직임에 대한 교묘한 주의력, 아드님은 그걸 가지고 있어요. 뭐 그런 것들이 없더라도 – 연습 – 연습하면 되죠! 저도 처음엔 어땠는지 잘 알죠. 당연히 처음부터 어려운 관직을 맡을 재능을 가지고 세상에 나올 수는 없으니까 – ”

다미스 바보 자식! 내가 그 모든 재능을 갖고 있다는 건 분명한 사실이야. 그 반만으로도 추밀 고문관이 될 수 있겠다, 그리고 그뿐 아니라 --

7장

안톤, 리제테, 다미스

다미스 아니, 뭘 또 원하는 거야?

안톤 율리아네 아가씨는 이제 리제테가 나간 걸로 알고 있습니다. 걱정 마세요, 아가씨가 우리를 놀라게 하진 않을 거예요.

다미스 누가 너더러 다시 오라고 했어?

안톤 그럼 제가 도련님을 혼자 내버려둬야 한단 말입니까? 게다가 걱정이, 불안감이 갑자기 절 덮쳤죠. 제 귀가 울리기 시작했습니다, 특히 왼

쪽 귀가 -- 리제테! 리제테!

리제테 도대체 원하는 게 뭐야?

안톤 (리제테에게 조용히) 도대체 너희 둘이서 뭐 했어? 중요한 건, 내가 손해를 본다는 거겠지!

리제테 아, 꺼져 -- 이 바보가 뭐 때문에 이러는지 모르겠네.

다미스 나가, 안톤! 시간이 됐다, 너 다시 우체국에 가 봐. 그게 도대체 그렇게 오랫동안 어디에 가 있는지 정말 모르겠군. -- 빨리 안 가?

안톤 리제테, 같이 가!

다미스 뭘 리제테랑 같이 가?

안톤 그럼 얘가 도련님 옆에서 뭘 해야 하는데요?

다미스 무식한 놈!

안톤 예, 제가 뭘 모른다는 건 물론 제 불행이죠. (리제테에게 조용히) 너희들 사이에 무슨 일이 일어나는지 최소한 내가 들을 수 있게 좀 크게 말해 - 귀 기울여 잘 들을 테니 - (퇴장한다.)

8장

리제테, 다미스

리제테 우리 조금 조용히 얘기해요. 엿듣는 사람 앞에선 안전하지 않은 거 아시죠.

다미스 물론이지, 그럼 조용히 얘기 계속해 봐.

리제테 아버님의 고해 신부를 잘 아시겠죠?

다미스 고해 신부? 내가 그런 하급 지식인을 다 알아야 한다는 말이야?

리제테 그분은 최소한 도련님을 잘 아는 것 같던 걸요. "다미스 씨는", 그분은 법률 지식이 잔뜩 오가던 중에 이렇게 말을 끊었어요, "분명히 훌륭한 신부가 될 수 있습니다. 수려한 용모, 강하고 분명한 목소리, 기억력도 좋고, 섬세한 말솜씨, 단호한 태도, 자기 생각을 아주 예리하게 조절할 줄 아는 성숙한 오성, 상당히 높은 수준에 있는 이 모든 특성들을 아드님에게서 볼 수 있다고 생각합니다. 다만 한 가지가 염려됩니다. 제 걱정은, 아드님이 좀 자유사상[30]에 물들었을 수도 있을 듯해서 -- ", "에이, 무슨 자유사상?" 이미 반쯤 취한 의사가 소리쳤죠. "자유사상가들은 용감한 사람들이에요! 그래서 그 친구가 아무런 병도 고칠 수 없단 말이요? 내 뜻대로라면, 그 친구는 의사가 되어야 해요. 그 친구는 그리스어를 할 줄 압니다, 의학의 반이 그리스어예요. (그러면서 리제테는 점점 목소리를 높인다.) 물론 그러려면 진심이어야 하는데, 마음이란 게 억지로 되나요? 일단 실제로 해 보면 마음은 저절로 생길 거예요." -- "자," 한 늙은 상인이 끼어들었어요. "의사 선생들은 망나니와 마찬가지지요. 망나니가 처음 목을 칠 땐 벌벌 떨면서 두려워하죠. 하지만 그 일을 자주 반복할수록 그 일은 더 신나는 일이 되죠." -- 이런 발상에 한동안 웃음이 이어졌어요. 계속 또 웃고, 계속 또 웃고, 그 때문에 술 마시는 것조차 다 잊어버렸다니까요.

---

30 Freigeisterei. 18세기 계몽주의 시대에 종교의 독단을 비판하고 합리성과 학문적 논의를 추구하는 사람을 가리키는 개념으로 자주 사용되었다. 신앙심이 없다는 부정적 의미로 사용된다.

9장

리제테, 다미스, 안톤

안톤 도련님, 편지는 오늘 아홉 시 전까지는 못 온답니다. 제가 물어봤어요, 제 말 믿으세요.

다미스 또 우릴 방해해야 하겠어, 바보 녀석아?

안톤 제때 방해한 거라면 정말 좋겠네요.

다미스 제때라니 무슨 소리야?

안톤 리제테에게 좀 더 확실하게 말해 주려고요. 얘한테 귓속말을 좀 해도 되겠습니까?

리제테 내 귀에다 대고 무슨 말을 하게?

안톤 한마디만. (조용히) 내가 아무 말도 못 들었을 거라고 생각하지? 네가 말하지 않았나, 마음이 있다고 다 되는 건 아니라고? 그래도 네가 우선 얼마 동안 실제로 해 본다면 -- 아, 다 들었어 -- 간단히 말해서, 우린 이제 끝이야! 이 뻔뻔한, 더러운 --

리제테 말해 봐, 어쩌자는 거야?

다미스 당장, 내 눈앞에서 꺼져! 그리고 내 앞에 다시 나타나지 마, 내가 널 다시 부를 때까지, 아니면 네가 베를린에서 온 편지를 가지고 올 때까지! - 이제 난 그 편지를 거의 기대할 수 없겠군. 그게 오면 내겐 엄청난 기쁨일 텐데! 그래도 희망을 말해야 하겠지, 기쁨은 단지 현재와 닿아 있을 뿐이고, 희망은 미래와 관련되어 있으니까. 하지만 지금 미래는 이미 현재만큼 확실해. 예언자의 말이 필요해, 그 사람들도 자기 문제를 확신하진 못하지만. -- 학술원은 다 눈이 멀었어. -- 아니, 뭘 그렇게 거기 서 있어? 안 가?

10장

리제테, 다미스

리제테 아시겠죠! 사람들이 도련님을 그렇게 칭송했다고요.

다미스 아, 더 나은 칭송을 할 수 없으면 그냥 내버려둘 일이지. 난 자랑하고 싶지 않아, 하지만 거만한 게 아니라 난 많은 부분에서 나 자신을 정말 많이 믿어. 내 신부에게 선택하도록 해야겠다, 신학 박사가 더 좋은지, 법학 박사가 더 좋은지, 아니면 의학 박사가 더 좋은지, 자기 남편으로 말이야. 난 이 세 가지 전문 분야를 다 연구했어, 이 세 분야 모두에서 난 --

리제테 신부 말씀을 하시는 거예요? 정말 결혼하시려고요?

다미스 그 얘기 들었지, 리제테?

리제테 저희 같은 사람이 없으면 어느 집에서 결혼이 성사되겠어요? 하지만 율리아네 아가씨로 결정하시리라곤 절대 상상도 못할 거예요! 율리아네 아가씨요!

다미스 난 대부분, 그 일 때문에 정말 말도 안 되는 방법으로 강요하는 아버지 마음에 들도록 하고 있어. 율리아네가 내 아내로 자격이 안 된다는 걸 잘 알지. 결혼이라는 사소한 일 하나로 내가 아버지 마음을 상하게 해야겠어? 그 문제에 대해선 나한테 아주 좋은 생각이 하나 있지.

리제테 물론 율리아네 아가씨는 도련님 아내로 자격이 없죠. 모든 사람들이 제가 아는 만큼 착한 아가씨를 알고 있었다면 --

11장

안톤, 다미스, 리제테

안톤 (혼잣말로) 저들만 있게 놔둘 수는 없지. -- 팔러 씨가 묻고 있습니다, 도련님 방에 계신지요? 거기 계십니까, 다미스 도련님?

다미스 말해 봐, 무식한 놈, 너 오늘 날 힘들게 하려고 작정한 거야?

리제테 그냥 놔두세요, 다미스 도련님. 안 갈 거예요.

안톤 네, 지금은 여기 있어야겠어요. 제가 듣지도 보지도 말아야 할 건 이미 지나갔으니.

다미스 도대체 뭐가 지나갔다는 거야?

안톤 아시게 될 겁니다.

리제테 (조용히) 이제, 안톤, 날 도와줘, 당신 도련님한테 율리아네 아가씨를 좀 헐뜯어야겠어. 도와줄 거지?

안톤 좋아! 그럼 혹시 그 보답으로 --

리제테 최소한 입만 다물어. -- 필히, 다미스 도련님, 도련님은 율리아네 아가씨와는 힘들 수밖에 없어요. 벌써부터 참 안되셨다는 생각이 들어요. 이 세상 어디에도 더 못된 여자는 없을 거예요 --

안톤 믿지 마세요, 다미스 도련님. 율리아네 아가씨는 정말 착한 아가씨예요. 이 세상 어느 여자하고도 더 잘 지내실 수는 없을걸요. 도련님이 행복하시길 미리 기원할게요.

리제테 정말이지! 도련님한테 아주 충성스러우시네, 쓸데없이 지껄여서 도련님을 힘들게 하는 주제에.

안톤 그러는 너는 아가씨한테 다미스 도련님처럼 훌륭한 남편이 생기는 게 질투 나서 네 아가씨한테 아주 충성스러우신가 보네.

리제테 훌륭한 남편? 사실, 훌륭한 남편, 그건 아가씨가 제일 바라는 거지. 모든 것을 좋게 할 남자 --

안톤 호! 호! 모든 것? 다미스 도련님, 리제테가 도련님을 어떻게 생각하는지 들으셨죠? 사실은 네가 도련님 아내가 되고 싶은 거지? 모든 것? 아이고, 그것도 그 모든 것에 포함되나? -- 내 말 이해해? -

다미스 진심으로, 리제테, 네 아가씨가 정말 악처가 될 거라고 진짜 믿는 거야? 정말 성질이 나빠?

리제테 나쁘냐고요? 좋은 건 다 빼고 사람들이 가질 수 있는 나쁜 성질은 다 갖고 있죠. 예외 없이.

다미스 쭉 대 보지 않을래?

리제테 어디서부터 시작해야 하나? - 어리석어요 --

다미스 별거 아냐!

안톤 제가 말하죠, 거짓말이에요!

리제테 잔소리가 심해요 --

다미스 별거 아냐!

안톤 제가 말하죠, 거짓말이에요!

리제테 생각이 없어요 --

다미스 별거 아냐!

안톤 거짓말! 제 말은.

리제테 가정을 돌볼 능력이 없어요 --

다미스 별거 아냐!

안톤 거짓말!

리제테 심한 사치로, 끊임없는 유흥과 음식을 탐해서 도련님이 가진 것을 다 축낼 거예요 -

다미스 별거 아냐!

안톤 거짓말!

리제테 도련님한테 걱정뿐일 자식들을 주렁주렁 매달아 줄 거예요 -

다미스 별거 아냐!

안톤 그건 최고의 여자들이 제일 처음 하는 일이지!

리제테 하지만 씨 다른 자식들 걱정인 걸요.

다미스 별거 아냐!

안톤 별거 아냐가 유행인가 보네!

리제테 별거 아니라구요? 도대체 무슨 생각을 하시는 거예요, 다미스 도련님?

다미스 율리아네는 그렇게 악하지 않을 거라는 생각을 하고 있지. 어리석다고? 난 그만큼 더 현명하지. 잔소리가 많다고? 난 그만큼 참을성이 더 많지. 생각이 없다고? 난 그만큼 더 철학적으로 생각하지. 낭비가 심하다고? 가진 게 다 없어지면 그칠 거야. 애를 막 낳는다고? 그럼 자기가 어떤 능력이 있는지 알게 되는 거지, 나와 경쟁하려 한다면 말이야. 각자 자기가 할 수 있는 걸로 길이길이 남는 거야, 여자는 애를 낳아서, 남자는 학문으로.

안톤 리제테가 율리아네 아가씨를 저리 심하게 헐뜯는 이유가 분명 있다는 걸 눈치 채지 못하시는 거예요?

다미스 물론 눈치 챘어. 리제테는 날 율리아네에게 허락하는 거야. 그래서 율리아네를 내 취향에 딱 맞게 묘사하는 거고. 리제테는 분명히, 자기 아가씨가 견딜 수 없는 여자라는 바로 그 이유로 내가 아가씨와 결혼할 거라 생각했지.

리제테 바로 그 이유로? 바로 그 이유로요? 그래서 제가 그런 생각을 했다고요? 도련님 머리가 돌아 버린 게 분명해요. 생각 좀 해 보세요 --

다미스 그건 좀 말이 심하군, 리제테! 내 생각을 못 믿는 거니? 내가 했던 말은 대단히 예리한 생각의 열매란 말이다. 그래, 결정했어. 악처와 결혼해서 불행해 보이는 학자의 숫자를 늘려야겠다. 이 결심은 오늘 한 게 아니다.

안톤 안 됩니다, 정말! 악마가 무슨 짓인들 못하겠어! 누가 지금 이런 일을 상상이나 했겠나, 이젠 진지해질 때가 되었는데? 웃을 수밖에. 리제테는 결혼을 막으려 한 건데 도련님한테 결혼하라고 설득한 꼴이 되었군. 난, 난 결혼하라고 설득하려 했는데 막는 꼴이었고.

다미스 한 번은 결혼해야 하는 거지. 난 정말로 착한 여자를 기대해서는 안 돼. 그래서 정말 나쁜 여자를 택하는 거지. 차갑지도 않고 따뜻하지도 않고, 정말 착하지도 않고 정말 나쁘지도 않은 그런 평범한 여자는 학자에겐 아무런 쓸모도 없어, 전혀, 아무것도! 학자가 죽고 나면 그런 여자를 누가 돌봐 주겠어? 그럼에도 학자는 자기와 함께 온 집안이 영원히 남는 영예를 얻는 거야. de bonis Eruditorum uxoribus[31] 논문에 한 자리를 차지하는 아내를 얻을 수 없다면 난 최소한 성실한 남편이 de

31 학자의 훌륭한 아내에 관한

malis Eruditorum uxoribus[32] 자료를 더 늘릴 수 있게 되는 그런 아내를 얻을 참이다. 그렇지, 그렇지, 난 아버지의 유일한 아들로서 특히 그 이름을 보존하도록 신경 써야 할 의무가 있어.

리제테 놀라서 진정이 안 되는군요 -- 전 도련님을, 다미스 도련님을, 정말 위대한 영혼이라 생각했는데요 --

다미스 부당한 말은 아니구나. 그래서 바로 이 일로 그 말을 가장 강력히 증명해 보일 수 있다고 생각한다.

리제테 미치겠네! -- 네, 네, 한 젊은 학자보다 어느 누구도 더 어렵게 해낼 수 없는 가장 강력한 증명을요. 통찰력 있고 영리해서가 아니라 그 어리석음 때문에.

다미스 뭐라고, 건방지게, 리제테? 한 젊은 학자? -- 한 젊은 학자? --

리제테 도련님을 비난하는 건 나중에 할게요. 팔러가 모든 소식을 다 듣게 될 거예요. 만수무강이나 하시옵소서.

12장

안톤, 다미스

안톤 보셨죠! 도망가 버리네요, 도련님이 지 장단에 맞춰 주지 않으니까. -

---

32 학자의 악한 아내에 관한

다미스 Mulier non Homo![33] 이 역설도 나는 바로 진실로 간주할 것이다. 우리는 인간이란 걸 무엇으로 보여 주지? 오성을 통해서지. 우리는 오성이 있다는 걸 무엇으로 보여 주지? 학자와 학식을 합당하게 평가할 줄 알 때지. 여자는 그렇게 못 해, 그래서 여자에겐 오성이 없고, 그래서 여자는 인간이 아니지. 그렇지, 사실 그렇지, 이 역설에는 교과서 스무 권보다 더 많은 진실이 담겨 있어.

안톤 내 정신 좀 봐? 말씀드렸죠, 팔러 씨가 도련님을 찾으신다고? 가서 그분하고 얘기하지 않으시겠어요?

다미스 팔러? 그 사람한테 기대 좀 해 볼까. 내가 그 사람을 높게 평가했던 시기는 지났어. 그 친구는 몇 년 전부터 책을 제쳐 두었지. 국가에 유용한 봉사를 할 수 있도록 사교와 세상 지식을 통해 자신을 쓸모 있게 만들어야 한다는 선입관이 머리에 박혀 있어. 그 친구를 동정하는 것 말고 내가 뭘 더 할 수 있겠나? 그렇지, 결국 난 그 친구 때문에 부끄러워해야 할 거야. 내가 예전에 그 사람을 내 친구로 가치 있게 평가했다는 사실에 부끄러워해야만 할 거야. 아, 이런 우정은 정말 넌더리가 나! 하지만 내가 이 지경까지 온 게 뭐 때문이겠어? 난 모든 평범한 인간들을 전부 피하려고 했건만. 내가 천재하고만, 독창적인 정신들하고만 교류하려 한 건 헛수고였어. 그런데 팔러는 그런 가면을 쓰고 날 기만했던 거야. 아, 팔러! 팔러!

안톤 목소리가 너무 커요, 그분이 다 듣겠어요.

다미스 난 그 친구의 냉담한 겉치레에 폭발할 지경이었지. 그 친구가 나한테 무슨 얘길 했었지? 아무 가치도 없는 사소한 얘기였겠지. 그럼에

---

33 여자는 인간이 아니다!

도 불구하고 그 친구가 베를린에서 왔단 말이지, 그럼에도 불구하고 그 친구가 나한테 정말 기분 좋은 새로운 소식을 먼저 전해 줄 수 있단 말이지. 아, 팔러! 팔러!

안톤 쉿! 정말 그 사람이 오네요. 그분이 이름을 세 번씩 부르도록 놔 두지는 않을 거라는 걸 아시죠?[34]

13장

다미스, 팔러, 안톤

팔러 미안하네, 친구, 조용히 연구하는 걸 방해해서 --

안톤 빈둥대는 걸 방해했다고 해야지.

다미스 방해? 자네가 날 방해하러 왔다고 생각해야 하나? 아냐, 팔러, 난 자네를 잘 알아. 자넨 보답을 기대하는 한 학자가 관심 가질 만한 정말 기분 좋은 새로운 소식을 전하러 온 거야. -- 의자를, 안톤! -- 앉게.

팔러 틀렸어, 친구. 난 자네 아버지의 변덕을 한탄하러 온 거야. 난 내 모든 행복이 달려 있는 자네의 설명을 구하러 왔어.

다미스 아, 나는 좀 전에 자네가 우리 아버지 때문에 못 한 얘기를 하러 온 줄 알았지. 학술원의 정당한 판단이 내게 준 명예에 대해 기쁨을 표

34 서양에서는 이름을 세 번 부르면 나쁜 일이 일어날 거라고 생각한다.

시하지 못해서 다시 왔다고 생각했는데 --

팔러 아니, 대단한 학자 친구, 잠시만 우리 좀 별것 아닌 걸로 얘기 좀 하지.

다미스 별것 아닌 걸로? 그럼 자네한텐 내 명예가 별것 아니라는 건가? 나쁜 자식! --

팔러 자네가 제일 중요한 진심에서 날 멀어지게 만들면, 방금 그 말은 자네가 되받을 거야. 자네가 율리아네와 결혼하려고 한다는 게 사실인가? 자네 아버지가 너무도 도덕적인 그 여자를 은혜로 옭아매 놓고, 스스로 자유롭게 선택하지도 못하게 한다는 게 사실이야? 내가 언제 율리아네를 향한 내 마음을 자네한테 숨기기라도 했었나? 자네는 예전부터 내 사랑을 돕겠다고 약속하지 않았었나?

다미스 흥분하고 있군, 팔러. 그리고 여자가 원인이라는 걸 잊고 있어. 그런 사소한 건 떨쳐 버리라고 - 학술원이 올해의 학술상을 결정했을 때 자넨 베를린에 있었지. 모나드가 연구 과제였어. 뭔가 듣지 못했나, 논문 표제가 -

팔러 자넨 정말 끔찍하군, 다미스! 대답이나 해!

다미스 그러는 자넨 대답하지 않을 건가? 생각해 봐, 표제가 Unum est necessarium[35]인 논문이 영예를 얻지 못했다는 건가? 난 적어도 자랑스럽게 생각하는데 --

팔러 자네가 너무 비이성적으로 보이니 난 자랑스러울 게 아무것도 없어. 이제 리제테의 장난으로 여겼던 그 소식이 근거가 있다고 믿어야만 하겠군. 자넨 율리아네를 아내로서 가치가 없다 여기고 있어. 자넨

---

35 하나가 필수다

그 사람을 여성으로서 창피하다고 여기고 있고. 그런데 그렇기 때문에 그 사람과 결혼하겠다고? 그 무슨 끔찍한 생각이야!

다미스 하! 하! 하!

팔러 그래, 웃어라, 다미스, 웃어! 한순간이라도 자네의 그런 허튼짓을 믿었으니 내가 바보지. 자네가 리제테를 조롱했거나, 아니면 리제테가 날 조롱했거나. 아냐, 그런 결심은 미친놈이나 하는 거지! 그 결심을 혐오하려면 이성적으로만 생각하면 돼, 자네가 평소 생각하는 방식처럼 그렇게 고상하게 생각할 필요는 없겠지. 하지만 부탁인데, 이 고통스런 수수께끼에서 날 풀어 줘!

다미스 내가 곧 자네의 그 지껄임에 귀 기울이도록 만들겠군. 내 명예가 자네의 그 멍청한 취향보다 못하다는 거야? 내 명예를! -- 차라리 난 자네가 농담한다고 믿고 싶군. 자넨 내 결심이 흔들리는지 시험하려는 거야.

팔러 농담한다고? 이 상황에서 농담이 생각난다면 그건 빌어먹을 일이지!

다미스 자네가 결국 진지하게 얘기하고자 한다면 그럴수록 난 더 좋아. 자네한테 하고 싶은 말은, Unum est necessarium이라는 표제의 논문이 --

14장

크리잔더, 다미스, 팔러, 안톤

크리잔더 (손에 신문을 들고) 안 그런가요, 팔러 씨? 내 아들이 결혼을 기피

하는 게 아니죠? 결혼을 밀고 나가려는 건 내 아들이지 내가 아니란 걸 알겠지요?

다미스 내가? 내가 결혼을 밀고 나간다고?

크리잔더 쉿! 쉿! 쉿!

다미스 에이, 뭐가 쉿, 쉿이에요? 제 명예가 여기서 괴로워하고 있어요. 저한테 여자가 어떤 건지 모르시나요?

크리잔더 쉿! 쉿! 쉿!

팔러 아, 그렇게 번거롭게 그러실 필요는 없습니다. 두 분 다 절 반대한다는 걸 잘 알고 있습니다. 이게 무슨 불행인가, 이 집안에 끌려들어 왔으니! 전 사랑할 만한 사람을 만난 게 틀림없고, 그 사람이 절 좋아하는 것도 틀림없는데, 그래서 전 그 많은 희망을 가졌지만 결국 모든 희망을 잃게 되겠죠. 다미스, 내가 예전에 자네와 우정을 나눌 자격이 있었다면 --

다미스 하지만 안 그런가, 팔러? 어떤 일 때문에 베를린 학술원에 화를 내야 한단 말인가? 생각해 봐, 학술원은 앞으로는 상이 걸린 연구 과제를 이 년 먼저 공지하려고 해. 도대체 왜 이 년이지? 일 년은 충분치 못했나? 학술원은 독일 사람들 머리가 그렇게 둔하다고 간주하나? 학술원이 개혁된 이후로 난 매년 논문을 써 보냈어. 날 자랑하는 게 아니고, 일주일 넘게 논문 한 편 못 쓰고 시간만 보냈다고.

크리잔더 사랑하는 여러분, 네덜란드에서 무슨 일이 벌어졌는지 아시나? 여기 새로 나온 신문이 있어요. 그자들은 머리에 피가 터지도록 싸웠죠. 동맹국 놈들, 사실 난 그자들한테 정말 화가 나요. 그자들이 또 말도 안 되는 다툼을 벌이지 않았느냐 이 말이에요. -

안톤 아니, 여기 이 세 사람이 다 각자 딴 얘기를 하고 있네. 이 사람은 사랑 얘기고, 저 사람은 자기 논문 얘기고, 또 저 사람은 전쟁 얘기고. 나도 뭔가 특별한 얘기를 해야 한다면 저녁밥 얘기를 해야겠다. 정오부터 저녁 여섯 시까지 금식한 건 대단한 일이지.

팔러 불행한 사랑!

다미스 뭘 모르는 학술원 같으니!

크리잔더 멍청한 동맹국 놈들!

안톤 네 번째 소리가 빠졌네. 느려 터진 주방 놈들!

15장

리제테, 다미스, 팔러, 크리잔더, 안톤

리제테 아니, 어르신? 이분들 식사하러 오시라고 부르러 가신 줄 알았는데? 어르신을 부르러 오길 바라신 거예요? 식사 준비 다 됐어요.

안톤 제때 왔네! 고맙기도 해라!

크리잔더 그렇지, 그렇지, 깜박 잊었던 모양이다. 신문 배달부가 계단에서 날 붙잡아 두는 바람에. 갑시다, 팔러 씨. 우리 한잔하면서 지금 국가 정세에 대해 같이 생각 좀 해 봅시다. 율리아네는 잊어버리시고. 그리고 너, 아들, 네 신부하고 이야기하고 싶겠지. 넌 이 아이한테서 확실히 바람직한 아내상을 보게 될 거야, 크산티페[36] 같지는 않은 --

다미스 크산티페? 크산티페를 어떻게 생각하시는 거예요? 아직도 크산

36 Xanthippe. 소크라테스의 아내. 악처로 알려져 있다.

티페가 악처였다는 천박한 선입관에 사로잡혀 있으신 거예요?

크리잔더 넌 그 여자가 훌륭한 아내였다는 거냐? 크산티페를 두둔하려는 건 아니겠지? 휴! 그건 애들도 다 아는 사실이다. 너희 학자들이란 더 많이 배울수록 더 많은 걸 잊어버린단 말이야.

다미스 하지만 제 주장은, 아무도 아버지의 생각에 유용한 증거를 단 하나도 댈 수 없다는 겁니다. 그게 그 문제 일체를 의심하게 만드는 첫 번째 이유죠. 그리고 다른 한편으론 --

리제테 정말 수다가 끝이 없군요!

크리잔더 리제테 말이 옳아! 아들, contra principia negamtem, non est disputandum.[37] 갑시다! 갑시다!

(크리잔더, 다미스, 안톤 퇴장한다.)

팔러 이제 날 위한 모든 것이 사라져 버렸군, 리제테. 내가 뭐부터 시작해야 하지?

리제테 어떤 조언을 드려야 할지 모르겠어요. 그래도 편지가 안 --

팔러 그 속임수는 너무 심할 것 같은데, 그리고 율리아네가 그런 걸 용납하지 않을 텐데.

리제테 아이, 속임수는 무슨? 속임수가 필요하다면 쓸 수도 있는 거죠. 잘 알겠어요, 제가 직접 해야만 하겠군요. 어서 가요, 그리고 다시 용기를 내세요.

(2막 끝)

37 원칙을 부인하는 사람하고는 토론을 말아야지.

3막

1장

리제테, 안톤

리제테 기다려 봐, 안톤.

안톤 에이, 날 내버려두시지. 너랑 상종 안 해.

리제테 그럼 우리 다시 화해 안 할 거야? 내가 부탁한 거 안 해 줄 거야?

안톤 내가 네 마음에 들어야 할 필요가 있어?

리제테 안톤, 사랑하는 안톤, 소중한 안톤, 내가 원하는 대로 좀 해 줘. 노인네한테 이 편지를 전해 주고 우편 배달부가 가져왔다고 말해 주는 건 쉽잖아?

안톤 가! 요사스러운 것! 이젠 아양까지 떠네! -- 방해하지 마. 도련님한테 책을 가져다줘야 해. 갈게.

리제테 도련님한테 책을? 도대체 식사하면서 책은 어디다 쓰신대?

안톤 도련님이 지루해하셔. 도련님은 무익한 시간을 원치 않아. 그래서 뭔가 할 일을 만들어야 하는 거지.

리제테 지루해하신다고? 식사 자리에서? 교회에 와 있나. 그 사람들 대화도 안 하나?

안톤 한 마디도 안해. 상갓집에서 밥 먹을 때나 그렇게 조용할 수 있을 텐데, 나는 무뢰한이지.

리제테 최소한 그 노인네는 얘기를 할 텐데.

안톤 그 노인네는 얘기하지 않으면서 얘기해. 먹으면서 동시에 말해. 게다가 마시기까지 할 수 있다면, 그래서 그 세 가지를 한꺼번에 할 수 있다면 모든 걸 할 준비가 된 거지. 신문이 접시 옆에 있어. 한쪽 눈은 접시에 가 있고 다른 쪽 눈은 신문에 가 있지. 한쪽 뺨으로 씹으면서 다른 쪽 뺨으로 말을 해. 그러면 당연히 어떻겠어. 말이 음식과 같이 씹혀서 간신히 웅얼거리는 소리만 들리는 거지.

리제테 그러면 나머지 사람들은 뭐 해?

안톤 나머지 사람들? 팔러와 율리아네는 거의 반쯤 죽어 있어. 둘은 먹지도 않고 말도 없어. 서로 바라보고, 한숨 쉬고, 그리고 바닥만 쳐다보고, 아버지 눈치를 살피다가 아들 눈치 살피고, 창백해졌다가 빨개지고. 두 사람 눈엔 분노와 절망이 드러나지. - 하지만, 야호! 좋아! 네 생각대로는 안 될 거라는 거 알아? 우리 도련님이 율리아네를 차지할 거고, 그러면 --

리제테 그렇지, 당신 도련님! 그분은 뭐 하시나?

안톤 멍청한 짓만. 포크로 접시만 긁어. 머리는 푹 숙이고. 마치 자기 자신에게 말하는 것처럼 입을 움직이고. 의자를 흔들거리고. 한번은 와인잔을 엎었는데 그냥 놔두는 거야. 와인이 막 옷으로 흐르려는데 아무것도 모르는 것처럼 행동하고. 그러다 벌떡 일어나서는 내가 엎었나 봐 이러는 거야. -- 수다 너무 떨었다. 날 엄청 욕하겠군, 빨리 책을 가져오지 않는다고 말이야. 그 책을 찾아야 해. 책상 오른쪽에 그게 있다고 했지. 그래, 오른쪽. 그런데 도련님이 어디 오른쪽을 말하는 거지? 내가 이렇게 서면 여기가 오른쪽이고, 이렇게 서면 여기가 거기고, 이렇게 서면 거기가 여기고, 이렇게 서면 여기가 거기가 되지. (책상의 네 면에 다 서 본다.) 말해 봐, 리제테, 어디가 진짜 오른쪽이야?

리제테 당신만큼 잘 모르겠는데. 책이 문제네. 직접 가져가시는 게 나을 것 같아. 그런데 안톤, 우리 제일 중요한 걸 잊고 있어, 편지를 --

안톤 또 그 편지 얘기야? 생각해 봐, 너 때문에 내가 도련님을 속여야 해?

리제테 그렇게 해 주면 보상을 받을 수 있을 텐데.

안톤 그래? 크리잔더가 나한테 약속한 걸 그냥 내버려두는 게 손해가 아닐까?

리제테 하지만 그 대신 팔러가 당신한테 보상을 약속했잖아.

안톤 그 사람이 나한테 언제 약속했다는 거야?

리제테 되게 까다롭네! 그 사람 대신 내가 약속할게.

안톤 그 사람 대신 네가 약속을 지키면 내가 많은 걸 얻는다. 아니지, 아니지, 지붕 위에 있는 비둘기보다는 손 안에 있는 참새가 낫지.

리제테 그래도 비둘기를 확실히 잡을 수 있다면 참새보다 그게 나을 텐데?

안톤 확실히 잡는다고! 누가 날 잡아가세요 한대? 그렇지 않나, 비둘기를 잡으려다가 손 안에 참새를 놓치게 될 텐데?

리제테 날아가게 내버려둬.

안톤 좋아! 비둘기도 도망가 버리면? 아니지, 아니지, 아가씨, 이 안톤은 바보가 아냐.

리제테 유치하게 뭘 주저해! 당신이 얼마나 행복해질 수 있는지 생각해 보라고.

안톤 어떻게? 말해 봐.

리제테 팔러가 내 혼수 자금을 대주겠다고 약속했어. 그런 상인에게 천 정도가 대수겠어?

안톤 그 정도 기대하나?

리제테 최소한. 네가 날 도와주면 그 사람은 너도 빈손으로 나가게 하진 않을 거야. 나도 한몫 챙기고 너도 한몫 챙기고. 그러면 우린 아주 근사한 한 쌍이 되지 않을까?

안톤 우리? 한 쌍? 우리 도련님이 널 숨기지 않았다면.

리제테 정말 멍청하게 굴지 마! 난 도련님과 나 사이에 무슨 일이 있었는지 너한테 다 얘기했어. 네 도련님, 그 책벌레 말이야!

안톤 그래, 그거 아주 흉측한 것들이지, 책벌레. 맞아, 너 같은 여자가 천 탈러가 있다는 게, 적어도 천 탈러 값어치가 있다는 건 확실하지만. 하지만 그 옆방은 -- 그 옆방은 --

리제테 그만 좀 해, 안톤. 그리고 그냥 부탁 좀 들어줘.

안톤 그런데 왜 그 노인네한테 편지를 직접 주려 하지 않는 거야?

리제테 편지 내용이 뭔지 말했잖아. 크리잔더가 바로 의심할 수도 있으니 --

안톤 그래, 그래, 요 영리한 것! 알겠어, 손도 안 대고 코 풀겠다는 심산이네.

리제테 이제 그 사랑스런 손이 되어 줘요, 좀 해 줘!

안톤 이 여자가 정말 진심으로 부탁하네! 귀여운 것! 이리 줘 봐, 편지. 줘 봐!

리제테 자요! 안톤 최고 -

안톤 그런데 그 사람이 준다는 혼수 자금, 진짜야? --

리제테 믿어 봐요 --

안톤 더해서 내 몫까지? --

리제테 똑같이.

안톤 좋아, 편지는 넘겨받았고!

리제테 그럼 빨리, 가능한 -

안톤 원한다면 지금 당장. 가자고! - 젠장! 누가 오는 거야? - 빌어먹을, 다미스다.

2장

다미스, 안톤, 리제테

다미스 도대체 이 놈팡이가 책을 가지고 어디 있는 거야?

안톤 곧 가려 했습니다, 가려 했어요 - 그런데 리제테가 — 잠깐만요, 책을 못 찾아서, 다미스 도련님.

다미스 못 찾겠다고? 말했잖아, 어느 쪽에 있다고.

안톤 오른쪽이라고 말씀해 주셨죠. 하지만 어느 오른쪽인지는 말씀 안

해 주셨죠? 그래서 바로 여쭤보러 가려고 했습니다.

다미스 멍청한 놈, 내가 앉는 쪽에서 어느 쪽인지 알지도 못한단 말이야?

안톤 그렇네, 리제테. 그 문제로 우리 머리가 터지는 줄 알았지! 다미스 도련님은 언제나 우리보다 똑똑하셔! (다미스 뒤에서 쥐어박는 시늉을 하며) 이제 찾았네. 겉표지가 하얗고 둘레가 빨간 거, 맞죠? 자, 어서 가세요, 바로 가져가겠습니다.

다미스 그래, 이젠 식탁에서 모두 일어났어.

안톤 벌써 일어섰어요? 제길, 난 아직 다 못 먹었는데. 벌써 모두, 모두 다 일어섰어요?

다미스 아버진 아직 앉아서 신문을 외우고 있지, 그래야 내일 모임에 가서 정치 지도자 놀이를 할 수 있거든. 빨리 가 봐, 아버지의 정치 얘기로 배를 채울 수 있다고 생각한다면. 그런데 리제테는 여기서 뭐 하려는 거야?

리제테 아까처럼 제가 참기 힘들다는 말씀인가요?

다미스 그래, 정말 그래. 아까는 리제테가 적어도 판단력이 꽤 있어서 그 수다를 십오 분 정도는 참을 수 있다고 믿었지. 하지만 내 생각이 틀렸어. 리제테는 이 집에 있는 다른 모든 사람들만큼 어리석어.

리제테 그 다른 모든 사람들 이름으로 감사드릴 수 있어 영광이에요.

안톤 빌어먹을! 이젠 목소리가 완전히 달라졌네! 아이고, 제대로 싸우겠네! 하지만 난 듣기 싫어 – 리제테, 난 가야겠다.

리제테 (조용히) 편지 잊지 말아, 서둘러!

다미스 이런! 너 리제테한테 휴가라도 부탁할 게 있냐? 명령이다, 여기 있어. 어디 갈 데가 있다고.

안톤 우체국에요, 다미스 도련님. 우체국에요!

다미스 그렇지, 맞다. 그럼 어서 가! 가!

3장

다미스, 리제테

다미스 리제테도 어서 같이 가도 된다. 도대체 내 방이 오늘은 비어 있길 싫어하나? 때론 이놈, 때론 저놈, 때론 이 여자, 때론 저 여자. 도대체 잠시라도 나 혼자 있으면 안 돼? (책상에 앉는다.) 뮤즈는 고독을 원해. 소란만큼 뮤즈를 내쫓는 건 없지. 난 중요한 일이 너무 많아서 어디서부터 시작해야 할지 모르겠다. 그런데도 사람들이 날 방해하고 있으니. 하등 쓸데없는 일인 결혼 문제로 오후 대부분이 갔어. 계속 이리저리 뛰어다니면서 저녁 시간도 빼앗겨야 한단 말이야? 이 집안 말고 게으름이 이렇게 가득한 집은 없을 거다.

리제테 특히 이 방요.

다미스 이 방? 못 배운 것! 무식한 것!

리제테 욕이에요, 칭찬이에요?

다미스 이 무슨 천한 영혼인가! 무식과 무지를 욕으로 여기지도 않는다니! 욕으로 여기지 않는다면? 이렇게 어리석은 수다쟁이 여자가 명예와 치욕에 관해 지닌 개념을 알고 싶군. 어쩌면 그런 여자한텐 학식이 욕일지도 모르지.

리제테 그래요, 그런 여자가 보통 도련님 곁에 있는 여자 같은 성향이라면 --

다미스 아니, 그건 그렇지 않아. 그 경지까지 이른 건 극소수니까 --

리제테 그 사람들이 멍청한 건지, 아니면 배운 건지 구별하기 힘들다고요? --

다미스 돌아 버리겠네 -

리제테 그렇게 하세요, 돌아가시진 마시고요.

다미스 얼마나 더 이 무가치한 피조물의 무례함을 참아야 하지? -- 내 업적의 십분의 일만 따라와도 수천이 행복하다 할 정돈데. 난 이제 겨우 스물인데 말이야. 난 이 나이에 할 수 있는 것의 거의 세 배나 되는 업적을 이루고자 했어. 그런데 날 -- 쓸데없는 말을 하고 있군. 어리석은 여자에게 내 재능을 증명하는 게 무슨 명예로운 일이겠나? 난 일곱 개 국어를 완벽하게 알아, 이제 겨우 스물인데 말이야. 역사를 통틀어, 그리고 역사와 인접한 모든 학문에서 나는 --

리제테 이제 겨우 스물인데!

다미스 내가 철학에서 얼마나 탁월한가는 내가 이미 삼 년 전에 철학에서 인정받았던 최고의 위치가 입증하고 있어. 모나드에 관한 내 논문으로 이제 세상은 그것을 이론의 여지없이 인식하게 될 거야. -- 아, 빌어먹을 편지 같으니!

리제테 그리고 도련님은 이제 겨우 스물이고요!

다미스 데모스테네스[38]의 웅변보다 내 웅변에서 나타나는 후세의 멍청한 바보에 대한 내 풍자적 찬사가 불멸의 본보기가 될 거야.

---

38 Demosthenes(기원전 382~기원전 322?). 고대 그리스의 위대한 웅변가.

리제테 그리고 도련님은 이제야 스물이고요!

다미스 물론! 난 문학에 있어서도 불멸의 월계관을 향해 손을 뻗을 수 있지. 밀턴은 내 앞에선 기어들어 가고, 할러는 내 앞에서 그냥 수다쟁이일 뿐이야. 내가 언급하고 싶은 만큼 난 자주 내 논문을 내 친구들한테 읽어 줬는데, 이제 그 녀석들은 그걸 더는 듣고 싶어하지 않지만, 자기들은 내 재능이 신보다 높다는 걸 확신한다고 늘 솔직하고 확실하게 말하거든.

리제테 그리고 도련님은 이제 겨우 스물이고요!

다미스 간단히 말해서, 난 문헌학자이며 정통한 역사가이고 철학자이며 웅변가이고 문학가란 말이지.

리제테 그리고 도련님은 이제 겨우 스물이고요! 수염도 안 난 철학자시고, 아직 미성년인 웅변가시고요! 굉장히 희귀한 분이세요.

다미스 나가! 내 방에서 당장!

리제테 당장요? 전 기꺼이 대놓고 소리치고 싶은 걸요, 도련님은 이제 겨우 스물이라고요! 한 번 더 해 보세요. 자화자찬하실 게 더 없어요? 뭔가 더 있을 텐데! 안 하실래요? 그럼 제가 할게요. 잘 들으세요, 다미스 도련님. 도련님은 아직 똑똑하지 못해요, 벌써 스물인데!

다미스 뭐라고? 어째? (화가 나 벌떡 일어난다.)

리제테 안녕히 계세요! 안녕히 계세요!

다미스 맙소사! 저런 배워 먹지 못한 짐승을 참아야 하나! 무식한 여자들이나 가능한 --

4장

크리잔더, 안톤, 다미스

크리잔더 빌어먹을 편지네, 안톤! 에이, 에이, 아들, 아들, post coenam stabis, vel passus mille meabis.[39] 좀 앉지 않겠니?

다미스 아무 할 일 없는 사람은 그런 야만적인 건강 규칙에 신경 쓰겠죠. 중요한 일들이 -

크리잔더 무슨 중요한 일을 얘기하려고?

다미스 그러면 안 됩니까, 아버지? 여기 책상 위에 아버지가 보고 계신 책 대부분, 일부는 제 주석을 기다리고 있고, 일부는 제 번역을, 일부는 제 반박을, 일부는 제 변론을, 일부는 순전한 제 판단만을 기다리고 있습니다.

크리잔더 기다리라고 해! 지금은 --

다미스 물론 제가 지금 모든 걸 한꺼번에 다 할 수는 없죠. 우선 제일 중요한 것부터 끝내려고요. 연구라는 일이 모든 것을 찾아봐야 하고 머리가 깨질 듯한 일이라는 걸 아버진 생각도 못 하시죠. 몇 가지 사소한 부분이 부족하긴 하지만, 저는 클레오파트라가 독사한테 가슴이 아니라 팔을 물게 했다는 사실을 증명했어요 --

크리잔더 뱀은 어디에도 쓸모가 없어. 지금 뱀 한 마리가 내 가슴을 기어간 것 같군. 아직 시간이 좀 있다. 들어 봐, 아들. 여기 편지 한 통을 받았다. 나를 --

39 식사 후엔 좀 쉬어야지, 뭘 그리 뛰어다녀.

다미스 뭐라구요? 편지요? 편지요? 아, 사랑하는 안톤! 편지요? 사랑하는 아버지, 편지요? 베를린에서요? 절 더 기다리게 하지 마세요, 편지는 어디 있어요? 이제 제 재능을 의심하지 않으시겠죠, 안 그런가요? 얼마나 행복한지! 안톤, 편지에 뭐라 쓰였는지 이미 알고 있겠지?

크리잔더 또 무슨 헛소리야? 편지는 베를린에서 온 게 아냐. 드레스덴의 내 변호사에게서 온 거고, 그가 쓴 바에 따르면 율리아네와 네 결혼에 선 득 볼 게 아무것도 없다.

다미스 이 쓸데없는 자식! 너 아직 우체국에 안 다녀온 거야?

안톤 도련님께 말씀드렸었는데요, 아홉 시 전까지 우체국에서 제가 할 일이 아무것도 없다고요.

다미스 아, verberabilissime, non fur, sed trifur![40] 맙소사! 내가 분노로 플라우투스[41]의 욕설까지 써야 하다니. 헛걸음한다고 목이 부러지기라도 하니?

안톤 저한테 욕하시는 겁니까? 제가 그걸 이해하지 못했으니 그냥 넘어가죠.

크리잔더 하지만 말해 봐, 다미스, 율리아네에게 좀 거부감이 있구나, 그렇지 않니? 만일 그렇다면 강요하지는 않겠다. 난 보통 아버지들하곤 다르다는 걸 알아야 해 --

다미스 또 그 결혼 얘긴가요? 제 거부감이 아버지한테 다행이었다면. 됐어요, 그렇다면 그 여자와 결혼하죠 --

크리잔더 그건 좀 심하구나, 나 때문에 억지로 하려는 거야? 난 그걸 절

---

40 두들겨 맞아도 싼 놈, 그냥 건달 놈이 아니라 아주 상건달 놈!
41 Plautus(기원전 254~기원전 184). 로마의 희극 작가.

대 원하지 않아. 네가 내 아들이라 하더라도 넌 한 명의 인간이다. 모든 인간은 자유롭게 태어나지. 모든 인간은 자신이 원하는 걸 할 수 있어야 해. 그리고 - 간단히 말해서 - 네가 한 말을 네게 다시 되돌려주는 거다.

다미스 다시 되돌려주는 거라고요? 몇 시간 전만 해도 제가 바로 결정할 수 없었잖아요? 이걸 어떻게 이해해야 하죠?

크리잔더 이렇게 이해하면 된다, 내가 그 문제를 심사숙고했고, 율리아네가 네 마음에 들지 않으니 나도 마음에 들지 않고, 내가 이 편지로 율리아네의 실제 상황을 다시 알게 되었고, 그리고 또 -- 내가 이 편지를 이제야 받았다는 걸 알잖니. 정말 모르겠다, 이걸 어떻게 생각해야 하지? 이건 내 변호사의 필체가 아닌데 - (다미스는 다시 책상에 앉는다.)

안톤 아니라고요? 아, 사람들은 여러 필체로 쓸 수 있죠.

크리잔더 이건 너무 빨라. 내가 변호사에게 편지를 보낸 게 일주일도 되지 않았는데. 변호사가 그렇게 짧은 시간에 조사를 다 할 수 있었을까? 넌 누구한테서 이 편지를 받았지, 안톤?

안톤 리제테요.

크리잔더 그러면 리제테는?

안톤 당연히 우편 배달부한테서죠.

크리잔더 하지만 왜 그놈이 편지를 나한테 직접 가져오지 않았지?

안톤 편지가 여러 손을 거친다 해도 달라질 수는 없잖아요?

크리잔더 그건 모르는 거지 -- 하지만 이렇게 된 이유를 들어봐야겠다. 제일 안전한 길을 택해야 하니까. 그리고 너, 아들 — 아니, 또 책상에 앉아서 연구야?

다미스 제발! 전 바빠요, 정말 바빠요.

크리잔더 한마디만, 그런다고 너한테 시간을 뺏는 건 아니니까. 율리아네와의 결혼은 네가 그저 잊어버릴 수 있는 생각, 그 이상 그 이하도 아니었다. 내 생각이 옳다면, 율리아네에게 제일 큰 권리를 지닌 이는 팔러다.

다미스 제가 생각을 바꿀 거라 생각하신다면 착각하시는 겁니다. 전 모든 걸 깊이 생각했습니다. 아버지께 아주 직설적으로 말씀드려야겠어요, 악처는 제 명성을 영원하게 만드는 데 도움을 줄 겁니다. 더욱이, 전 사람들이 생각지도 못하는 악처를, 악처가 학자를 소유해서는 안 된다지만, 저와 함께 동시에 영원하게 만들려 합니다. 그런 악마 같은 아내의 성격은 제게도 확실한 빛을 비춰 줄 거예요 --

크리잔더 좋다, 좋아. 그러면 악처를 얻어라, 돈 많은 악처로, 그런 여자의 악함은 참을 수 있을 테니. 천국에 간 내 첫 번째 마누라도 그런 부류였지. 그 여자와 함께 얻은 이만 탈러 때문에 난 악한 적의 여동생과 결혼하려 했던 거다 -- 넌 날 올바로 이해해야 한다. 내 말은 그냥 말 그대로의 뜻이 아냐. 네 아내 말이다, 그 여자가 악해야 한다면 넌 율리아네한테 뭘 원하는 거지? -- 들어 봐, 난 끊임없이 바가지를 긁어 대서 남편 넷을 죽게 만든 늙은 과부를 하나 알고 있다. 그 여자는 아주 먹고살 만해. 그 여자가 너한테 좋겠는데, 그 여자를 얻어라! 네 입에 군침이 돌게 만들었으니 거기다 뭔가 더 넣어 줘야겠다. 그 여잔 크산티페 같은 여자니 넌 그보다 더 좋은 여자는 찾을 수 없을 거다.

다미스 크산티페 같다뇨? 몇 번이나 말씀드렸잖아요, 크산티페는 악처가 아니었다고. 제가 증명한 근거를 벌써 잊으셨어요?

크리잔더 뭐? 내 증거는 애들도 보는 책이다. 그렇게 잘 알려진 책을 쓴 사람이면 분명 너보다 잘 이해했을 거야. 그리고 간단히 말해서, 나한테 중요한 건 크산티페가 악처였다는 사실이다. 내가 첫 번째 마누라를 자주 칭찬해야 했다면 난 만족할 수 없었을 거야. 그러니 그 바보 광대 짓은 집어치우고 입 다물어! 네 강의는 듣고 싶지 않아.

다미스 우리가 사람들을 오류에서 벗어나도록 돕는다면 우리에게 고마워할 텐데요.

크리잔더 도대체 언제부터 달걀이 암탉보다 더 똑똑했니, 응? 박사 양반, 내가 아버지라는 사실, 그리고 아들이 결혼해야 한다면 그건 아버지에게 달려 있다는 사실을 잊지 마시게. 더 이상 율리아네를 생각하고 싶지 않다.

다미스 왜 그러신 거죠?

크리잔더 하나밖에 없는 아들에게 가난한 여자를 매달아 줘야 한단 말이냐? 보살필 가치도 없는 녀석 같으니. 넌 그 애가 아무런 재산도 없다는 걸 알고 있어.

다미스 제가 율리아네와 결혼하려 했을 때, 율리아네는 지금보다 더 많은 걸 가지고 있었나요?

크리잔더 이해를 못 하는구나. 내가 전에 어떻게 굴었는지 잘 안다. 하지만 내가 지금 어떻게 하고 있는지도 잘 알지.

다미스 좋아요, 율리아네가 돈이 없다면 그럴수록 더 좋죠. 돈 때문에 악처를 얻었다고 내 험담을 하진 못할 테니까. 그리고 사람들은 제가 그런 여자를 참는 데 필요한 미덕을 연습하려는 목적 말고 다른 목적은 없었다는 걸 인정할 수밖에 없을 겁니다.

크리잔더 그런 여자라니! 율리아네가 악처가 될 거라고 누가 그랬지?

다미스 제가, 우리 학자들이 늘 말하듯이, 선험적으로 그걸 알지 못했더라도, 전 사람들이 그걸 의심하는 이유를 추론할 수 있을 겁니다.

크리잔더 정말 건방지구나, 아들, 정말 건방져! 내가 율리아네를 키웠다. 그 아인 내 덕을 많이 봤어. 난 그 아이에게 좋은 모든 걸 가르쳤다. 그 애 험담을 하는 자는 동시에 내 험담을 하는 거야. 뭐야? 내가 여자애 하나도 이끌 줄 모른다는 거야? 내가 내 관리로 자란 여자애를 나중에 정직하고 성실한 아내가 되도록 보살피지 못했다는 거야? 물론 내가 그 아이를 부자로 만들 수는 없지. 나도 혜택이 필요해. 누군가는 내가 그 아이를 덕도 이해심도 없는 아이로 키웠다고 험담할 수도 있겠지만 그런 자는 너만큼 어리석은 거다, 아들. 내가 이런 말을 하는 걸 나쁘게 받아들이진 마라. 넌 가망이 없는 바보다, 정말 말린 생선처럼 뻣뻣한 놈이야 -- 나쁘게 받아들이진 마라, 아들 -- 공부가 독이 된 광대야 -- 하지만 나쁘게 받아들이진 마라 --

다미스 (방백으로) 저 사람의 첫 번째 장사는 말린 생선이었겠군. -- 좋습니다, 아버지. 율리아네의 덕성에 대해선 아무 말 않겠습니다. 덕성은 종종 일종의 어리석음이니까요. 하지만 그 여자의 오성에 관해선, 제가 여전히 그걸 의심하는 건 허락해 주시겠죠. 전 지금 이미 꽤 오랜 시간 여기에 있으면서 그 여자와 몇 마디 나눠 보려고 여러 번 노력했습니다. 하지만 그 여자가 언제 제 학식에 대해 생각이나 했겠습니까? 칭찬받고 싶어서가 아니에요. 전 그렇게 우쭐대지 않아요. 다만 사람을 공정하게 대해야 하는 거죠.

5장

크리잔더, 다미스, 팔러

크리잔더 좋아, 좋아, 팔러 씨, 마침 때맞춰 오시네.

다미스 저 참을 수 없는 인간이 뭘 또 원하는 거야?

팔러 두 분과 작별하려고 왔습니다.

크리잔더 작별? 이렇게 빨리? 도대체 왜?

팔러 진심으로 묻는 건 아닌 것 같군요.

크리잔더 그건 신이 알고 있지, 팔러 씨, 진심에 진심으로 하는 말이란 걸 말이야. 정말이지 이렇게 가게 하고 싶진 않은데.

팔러 감정적으로 더 고문을 하시려고요? 오늘 선생님이 제게서 빼앗아 간 사람이 제겐 얼마나 사랑스러운 사람인지 선생님은 알고 계십니다. 하지만 그 불행이 제게만 닥친 거라면 그건 사소한 거겠죠. 선생님은 제가 그 사람을 연모하는 만큼 그 사람을 싫어하는 사람과 그 사랑스런 사람을 맺어 주려 하시는 겁니까? 제 온 영혼은 절망으로 가득합니다. 이제부터 전 여기에서도, 이 세상 어디에서도 다시 평온해지지는 못할 겁니다. 가겠습니다, 저를 --

크리잔더 가지 말아요, 팔러 씨, 가지 말아! 잘못된 일은 어쩌면 해결될 수 있을 거야.

팔러 해결될 수 있다구요? 언젠가 제가 이 장난을 극복할 거라 믿으신다면 절 모욕하시는 겁니다. 이런 장난질은 저보다 예민하지 않은 사람에게도 정말 치명적일 겁니다.

다미스 뭐라고 지껄이는 거야! (책상에 앉는다.)

팔러 자넨 얼마나 행복한가, 다미스! 최소한 자기 행복을 인식하는 법을 배우라고. 그게 자네가 하늘에 빚지고 있는 것에 대한 가장 작은 감사 표시야. 율리아네는 자네 차지가 될 거야 --

크리잔더 에이, 누가 그런 말을 해? 그 아이는 때가 되면 당신 여자가 될 거요, 팔러 씨, 좀 참아!

팔러 차가운 조롱은 넣어 두시지요.

크리잔더 조롱? 날 나쁘게 알고 계시는군. 내가 하는 말은 말한 그대로야. 그 문제에 대해 좀 더 잘 생각해 봤지. 율리아네는 내 아들에게 어울리지 않고, 내 아들도 율리아네에겐 정말 어울리지 않는다는 걸 알아. 자네는 그 아이를 사랑하고 있지. 자넨 오래전부터 나한테 그 아이를 허락해 달라 간청했어. 먼저 잡은 사람이 임자지. 좀 전에 내 아들하고 그 문제를 얘기해 봤는데 -- 자네도 우리 애를 알다시피 --

팔러 세상에, 제가 무슨 얘길 들은 거죠? 그게 가능한가요? 이 무슨 행복한 변화인지! 선생님을 껴안아도 되겠습니까? 제가 이렇게 좋아해도 되는 겁니까? 아, 선생님, 아, 다미스!

크리잔더 우리 애와 이야기해 봐, 그리고 그 녀석 생각을 좀 바로잡아 줘. 율리아네에게 가서 내 결정이 바뀐 걸 알려줘야겠어. 그 아이도 그걸 나쁘게 받아들이진 않겠지?

팔러 나쁘게라뇨? 율리아네에게 삶을 되돌려주시는 겁니다, 제게 삶을 되돌려주셨듯이 말입니다.

크리잔더 에이, 내가 그럴 능력이 있나? (퇴장한다.)

6장

다미스, 팔러, 안톤

팔러 어떤 어조로 자네와 얘기해야 할까, 친구? 자네 아버지가 새로운 약속을 하셨으니 내가 자네를 전혀 신경 쓰지 않아도 되겠군. 자네 아버지가 이제 율리아네에게 강요를 멈추자마자 내가 이기는 거야. 내가 율리아네를 얻는 데 부분적이라도 자네 덕을 볼 수 있다면 좋을 텐데.

다미스 안톤!

안톤 (온다.) 또 뭘 하려고? 편지가 다시 생각나셨습니까?

다미스 당장 가 봐! 편지가 분명히 와 있을 거다.

안톤 말씀드리지만, 이렇게 나쁜 날씨라면 열 시 이전엔 올 수 없을 거예요.

다미스 또 한 시간 늘어난 거야? 잔말 말고 가! 또 빈손으로 오면, 그땐 알아서 해!

안톤 오늘 밤 편안하게 잠을 못 잔다면 수면에 피곤함이 도움이 된다는 말은 평생 믿지 않을 겁니다. (퇴장한다.)

7장

다미스, 팔러

팔러 아니, 대답은 안 하고 하인하고 이야기하나?

다미스 미안, 팔러. 그러니까 나하고 이야기 중이었나? 머리가 꽉 차서. 모든 걸 다 들을 수는 없지.

팔러 날 속이려는 건가? 할 수 있는 한 멍하게 오로지 책에만 집중하는 것이 학식이 있다는 인상을 준다는 이상한 망상에 사로잡혔던 때를 지금도 잘 알아. 그런 속임수로 기만하려 하다니 상대를 너무 순진한 사람으로 보는군.

다미스 모든 사람들이 자네만큼 생각이 없을 거라 믿으니 자네는 훨씬 더 아둔하군. 도대체 자네가 지껄이는 말들이 내가 주의 깊게 들을 만한 가치가 있다는 건가? 우리 아버지가 율리아네에게 강요를 멈추자마자 자네가 이기는 거야. 자네는 날 전혀 신경 쓰지 않아도 되네 --

팔러 다른 사람의 말을 그렇게 정확하게 듣고 그걸 단어 하나하나 그대로 반복할 수 있으니 참 특별한 산만함이군.

다미스 자네 농담은 무척 건조하군. (다시 책을 본다.)

팔러 그래도 뭔가 느끼는 게 있나 보지? -- 자네 같은 사람과 뭘 해야 한다니 이게 무슨 고문인가? 덜 고통스러운 게 있기는 한데 --

다미스 내가 할 생각이야.

팔러 몇 가지 찾을 수 있을 거야, 만일 --

다미스 맞아. 진정한 학식에 도달하는 게 그렇게 어렵지 않고, 그런 타고난 능력이 더 평범한 것이고 지치지 않는 노력이 그렇게 뭔가 고된 게 아니라면 --

팔러 하! 하! 하!

다미스 정말 바보 같은 웃음이군!

팔러 자넨 자네의 학식 얘길 하는데, 난, 용서하시게, 자네의 어리석음을 얘기하려 했지. 그런 점에서, 내 말은, 자넨 자네와 같은 사람 몇몇을 발견하게 될 거야, 그 어리석음 자체가 어리석음의 노예들에게 부담이 되지 않는다면.

다미스 그런다고 내가 자네에게 대답할 것 같나? (다시 책을 본다.)

팔러 그럼 내가 속이지 않고 자네와 얘기할 친구로 충분할 것 같나? 내 말을 믿어, 몇 가지만 잘 판단하면 자넨 자네의 어리석음을 후회하게 될 거야 --

다미스 몇 가지만 잘 판단하면? (비웃는다.)

팔러 그 말에 화가 나나? 대단하군! 자네 몸은 아직도 자네 나이만큼 다 자랐다고 할 수 없어. 그런데도 자넨 자네 정신이 이미 완성되었다고 믿는 건가? 나는 매일 판단력이 자라는 내 특권을 인정하지 않으려는 자를 적으로 간주할 거야.

다미스 이봐!

팔러 자넨 그저 비웃는 것밖에 몰라, 내 경쟁자 선생! - 아니, 저 사람이 여길! (그녀에게 뛰어간다.) 아, 율리아네 --

8장

율리아네, 다미스, 팔러

율리아네 아, 팔러, 이 무슨 행복한 변화예요! --

다미스 (의자에서 몸을 돌리며) 여기서 뵙게 되는 영광을, 부인, 의심 없이 부인의 착각에 감사드려야 할지? 지금 아가씨 침실에 오신 걸로 생각

하시나 본데 --

율리아네 그 착각은 용서할 수 없겠군요! 아니에요! 도련님! 당신 아버지의 명령으로 이 성스러운 장소에 들어오게 된 거죠. 당신과의 거래를 취소하려고, 그리고 당신의 뮤즈에게 사과하러 왔어요, 제가 당신의 뮤즈한테서 그토록 사랑스러운 영혼을 빼앗는 위험에 빠질 뻔했으니까요.

팔러 오, 얼마나 기쁜지, 아름다운 율리아네, 갑자기 다시 쾌활해진 당신을 보게 되다니.

다미스 내가 한 여자의 헛소리를 제대로 이해하는 거라면, 당신은 뒤집을 수 없는 협상에 요구되는 모든 조건이 들어있는 계약을 파기하러 온 거지.

율리아네 그리고 내가 한 젊은 학자의 이해할 수 없는 지껄임을 이해해도 된다면, 당신이 바로 맞췄어요.

다미스 우리 아버진 바보네. 나와 밀접한 계약을 무효로 만드는 게 아버지에게 달려 있는 거야, 아니면 부인, 당신에게 달려 있는 거야? -- 모든 게 다 밝혀지겠지. 내가 부탁하고 싶은 건, 이제 날 방해하지 말고 내버려두라는 거야 -- (책상으로 다시 몸을 돌린다.)

팔러 무슨 짓이야! 갖고 싶었던 여자에게 예전엔 사람들이 그런 식으로 대했나?

다미스 그러면 바쁜 학자에게 예전엔 사람들이 이런 식으로 귀찮게 굴었나? 이 짜증 나는 사람들한테서 벗어나려면 내가 내 방을 떠나야지. (퇴장한다.)

9장

팔러, 율리아네

율리아네 우리 저 사람을 좀 비웃어도 되지 않을까요?

팔러 아니, 율리아네. 더 큰 기쁨이 우리를 채워 줄 거야. 저렇게 가련한 바보를 웃음거리로 삼는 건 잔혹해요. 더없는 행복이 다시 주어졌으니 내 심장이 이렇게 뛰는 걸 어떻게 표현해야 하지? 간청할게, 율리아네, 날 사랑한다면 오늘 나와 함께 이 위험한 집을 떠납시다. 더 이상 그 변덕스런 늙은이의 포악함이나 그 째째한 젊은 놈의 미친 짓에 자신을 내맡기지 말아요, 그리고 너무 자상한, 연약한 사고방식을 버려요. 하루만에 당신을 되돌려받았어요. 그렇게 잔혹하게 우리를 가지고 놀았던 이 날을 처음이자 마지막 날로 내버려둡시다!

율리아네 진정해요, 팔러. 크리잔더 아저씨의 비난을 살 일은 아무것도 하지 않는 게 좋겠어요. 알다시피 아저씨는 아주 잘하고 있고, 내가 다미스를 경멸하는 만큼 아저씨를 사랑해요. 내가 불신으로 갑자기 아저씨의 배려를 거부하면 아저씨의 은혜를 원수로 갚는 --

팔러 아직도 은혜 이야기인가요? 당신을 이 위험한 패거리에서 구해 내기 전까지 난 안심하지 못할 거예요. 허락해 줘요, 그것들을 당장 완전히 요절낼 거야. 그리고 그 이기적인 늙은이를 --

율리아네 그분을 그렇게 부르지 말아요, 팔러. 그분은 그런 사람이 아니에요. 그리고 이미 변화가 있잖아요. 리제테가 잘못 들었거나, 아니면 우리를 속인 거겠죠. 이 변화가 누구 때문인지 잘 모르겠어 -- (생각에 잠긴다.)

팔러 왜 갑자기 그렇게 생각을? 그 사람을 움직인 원인은 이런 걸 거야, 하늘의 섭리, 난 잘 알아요.

율리아네 하늘의 섭리, 아니면 리제테 때문일 수도 있겠죠. 갑자기 당신이 어떤 편지에 관해 말했던 게 생각나요. 어쩌면 리제테가 너무도 일을 잘 처리해서 --

팔러 무슨 착각을, 사랑하는 율리아네! 그 애는 당신의 덕성이 그런 하찮은 속임수를 용납하지 않을 거라는 걸 잘 알아요.

율리아네 그렇지만 생각하면 할수록 -

팔러 그럴 수도 있다면, 당신은 그 때문에 --

율리아네 그럴 수도 있다면? 그게 무슨 말이죠?

10장

리제테, 팔러, 율리아네

율리아네 누가 부르기나 한 것처럼 오네, 리제테.

리제테 제가 하는 일이 멋지게 돌아가고 있지 않나요? 다미스와 크리잔더가 어떻게 싸우는지 들어 보실래요? "넌 그 애를 얻으면 안 돼, 전 그 여자를 얻어야 해요, 난 아버지야, 아버지가 그 여자를 약속하셨어요, 생각이 달라졌다, 하지만 전 아니에요, 그래도 그렇게 해야 해, 그건 불가능해요, 불가능하든 아니든, 어쨌든 못 물러나요, 아버지께서 한 말을 지켜야 한다는 걸 책으로 증명해 드리죠, 네놈의 책은 무슨 빌어먹을." -- 저들의 바보 같은 말을 뭘 이렇게 잔뜩 옮기고 있는 거지? 아버지 말이 옳아요, 그분은 현명하게 행동하고 있어요. 제가 미리 현명하지 못했다면 그분은 분명 이렇게 현명하게 행동하지 못할 거예요.

율리아네 무슨 생각을 하는 거야, 리제테?

리제테 전 제 자랑하는 걸 좋아하진 않아요. 어쨌든 아가씨, 아가씨의 수호천사, 그게 바로 저예요.

율리아네 그게 너라고? 어떻게?

리제테 어떤 사기꾼한테 똑같은 방법으로 갚아 줬거든요. 그 추악한 늙은이 --

율리아네 그러면 네가 크리잔더 아저씨를 속였단 말이야?

리제테 에이, 그렇게 말씀하시지 마세요. 사기꾼을 속이는 게 아니라 그저 실망시키는 거죠. 제가 그 사람을 실망시켰어요.

팔러 어떻게?

리제테 벌써 잊으셨다니 나빠요. 감사하는 마음을 가지려면 좀 더 나은 기억력이 필요하단 말씀을 드려야 하겠군요.

율리아네 그러면 네가 가짜 편지를 위조했단 말이야?

리제테 천만에요! 좀 꾸민 편지로 그분이 다른 생각을 갖도록 한 것뿐이에요. 그런데 그게 성공했고요.

율리아네 네가 그런 짓을 했어? 내 행복을 사기꾼한테 감사해야 한단 말이야? 어떻게 되든 상관없지만, 크리잔더 아저씨는 바로 알아차리실 거야 --

리제테 도대체 무슨 말씀이세요? 그게 저에 대한 감사 표시예요?

팔러 잘 생각해 봐요, 율리아네. 기다려 봐!

율리아네 그럴 수 없어, 팔러, 날 내버려둬요. (율리아네 퇴장한다.)

11장

팔러, 리제테

팔러 이런, 이제 다 끝이야!

리제테 저러실 수 있다니! 다 토할 지경이에요, 미치겠네! 제 선의를 무시하고 절 사기꾼이라고 하다뇨? 아가씨가 기뻐서 제 목을 끌어안을 줄 알았어요. -- 그 노인네가 절 얼마나 욕할까요! 그 사람은 저와 팔러 씨를 집 밖으로 쫓아낼 거예요. 이제 어쩌실 거죠?

팔러 그래, 이제 어째야 하지, 리제테?

리제테 제가 한 질문으로 답하시네요? 그거 참 편하군요. 제 선의의 충고는 끝났어요. 곧 다시 뭔가 간섭하겠지만!

팔러 하지만 네가 적절치 못한 때 왔잖아, 리제테. 내가 말했지, 율리아네는 이런 장난에 동의하지 않을 거라고. 조금만 더 입을 다물 수는 없었나?

리제테 아가씨가 이렇게 자기만 생각할 줄 상상이나 할 수 있었겠어요? 팔러 씨는 저희 같은 사람들이 어떤지 쉽게 상상할 수 있을 거예요, 제가 뭘 얼마나 얻으려고 한 건 아니지만, 아가씨한테 그 행복이 누구 덕분인지 더는 숨기고 싶지 않았어요. 기쁨이란 수다스러운 거예요, 그리고 - 아, 저는 곧 --

12장

안톤, 팔러, 리제테

안톤 (편지를 손에 들고) 하! 하! 또 회의 중이신가! 우리 도련님이 자기 방에서 자기에 대한 아주 나쁜 음모를 꾸미고 있다는 걸 알면 도련님은 리제테, 널 -- 그런데 둘이 어떻게 여기 모여 있는 거지? 팔러 씨께선 슬픈 듯 보이고, 넌 열이 올라서, 뭐처럼 바싹 열이 올라서. 서로 치고받은 거야, 아니면 무슨 운동이라도 하셨나? 에이, 에이, 리제테! 들어봐 -- (리제테에게 조용히) 너 그 혼수 자금 때문에 저 사람하고 틀어진 건 아니지? 저 사람이 약속을 취소했냐? 빌어먹을 장난일 거야. (큰 소리로) 아니죠, 아니죠, 팔러 씨, 약속한 건 지켜야죠. 이 여자는 선생께 성실하게 봉사했고, 저도 마찬가집니다. 빌어먹을! 정직한 사람이 주인을 아무것도 아닌 걸로 무시하고 속여도 양심의 가책을 느끼지 않을 거라 생각하십니까? 저는 절 우롱하게 놔두진 않습니다. 그리고 최소한 제 요구는 -- 이놈 저놈 날 건드려 보라지! 변호사를 살 겁니다, 정말 불독 같은 변호사를요, 내 변호사가 정말 할 일 많게 만들어 드릴 겁니다 --

리제테 아, 바보, 입 다물어!

팔러 도대체 이 친구가 뭘 원하는 거야? 너 도대체 누구와 얘기하는 거야?

안톤 젠장! 우리 채무자와 얘기하고 있죠. 그건 말투만 들어도 알 수 있잖아요.

팔러 도대체 누가 네 채무자야?

안톤 이제 빚을 부정하려고 하는 겁니까? 잘 들으세요, 내 변호사가 서

약하도록 만들 테니 --

팔러 리제테, 이 사람이 뭘 원하는지 알아?

리제테 이 미친놈! 아까 편지를 전달하는 데 이 사람을 이용했거든요. 그리고 일이 잘되면 팔러 씨가 보상해 줄 거라고 약속했어요.

팔러 그것 말고는 없나?

안톤 그거면 충분해요. 그리고 리제테의 혼수 자금은 어떻게 되는 거죠? 난 내 재산만큼 이 여자의 재산도 잘 챙겨야 하거든요, 그게 내 재산이 될 거니까.

팔러 걱정하지 마라. 내가 행운을 잡으면 너희들 몫을 잊지 않을 테니.

안톤 하지만 행운을 못 잡아도요? 약속은 약속입니다.

팔러 어찌 되든 너희들 열성에 보답하겠다.

안톤 에이, 그런 건 빈말이에요, 빈말!

리제테 아, 그만 좀 해!

안톤 네가 바보가 아니라면. 난 널 위해 이야기하고 있는 거야.

리제테 전혀 그럴 필요 없어.

안톤 필요 없어? 그럼 둘이 싸운 게 아니었어?

리제테 그러면 안 되나?

안톤 이 사람이 약속을 취소한 게 아냐?

리제테 그래.

안톤 아, 정말 죄송합니다, 팔러 씨. 정직한 사람은 쉽게 화를 낼 수 있죠. 제가 좀 흥분했어요, 특히 돈 문제라서. 변호사 얘긴 신경 쓰지 마세요 --

팔러 너무 불안해서 여기서 더 머무적거릴 수가 없어. 율리아네와 이야기해 봐야겠다. 아마 아직 아무 말도 하지 않았겠지 --

리제테 했을걸요, 그러니 그 노인네한테 너무 가까이 가지 마세요!

팔러 난 전체 상황을 전혀 몰랐어.

리제테 저한텐 더 안 좋아지겠죠. 가 보세요.

13장

안톤, 리제테

안톤 너한테 더 안 좋아진다고? 뭐가 너한테 더 안 좋아진다는 거야? 저 사람이 왜 그 노인네한테 가까이 가면 안 되지? 너희들 또 뭐야!

리제테 빌어먹을 편지!

안톤 무슨 편지?

리제테 아까 너한테 줬던 거.

안 톤 그게 어쨌다는 거야?

리제테 다 소용없어. 내 노력은 헛수고야.

안톤 대체 왜? 난 진실하게 살고 있어. 편지를 제대로 배달했다고. 장난치지 마, 책임을 나한테 떠넘기다니!

리제테 편지는 제대로 전달됐어. 편지가 효력도 있었고. 하지만 율리아네 아가씨가 우리 계획을 망쳤어. 아가씨는 그게 위조 편지였다는 걸 다 폭로할 거야. 어쩌면 이미 했는지도 모르지.

안톤 아가씨 스스로? 이런 망할. 우리도 망하겠군. 너도 알지, 참새도 비둘기도 다 날아가 버렸어. 최악은, 내가 비둘기를 잡으려다가 코가 깨졌다는 거야. 아니면 비유 없이 더 정확하게 말해 줄까. 그 늙은이가 약속한 보수를 다 잃었다고. 팔러한테 기대했던 보수도 놓쳤고. 내가 이제 얻게 될 거라곤 고작 감사하게도 두들겨 맞는 걸 포함해서 상놈의 새끼 지옥에나 가, 이런 욕바가지겠군! 이런데도 아직 날 원하나, 리제테 아가씨? -- 오, 날을 잡아야겠지. 너한테 사람들을 불행하게 만드는 법을 가르쳐 주지.

리제테 내 상황은 좀 나아지겠지? 우린 서로 방황하고 있잖아, 우리가 한 쌍이 되면 날 먹여 살릴 방법이 있을 거야.

안톤 내가 널 먹여 살려? 이 힘든 때? 내가 널 데리고 다니면 코에 뿔이 달린 큰 짐승을 데리고 다니는 것 같겠다.

리제테 걱정 마, 내가 널 바로 뿔 달린 짐승으로 바꿔 버릴 거니까. 네가 날 데리고 다니든지, 내가 널 데리고 다니든지 그건 매한가지일 테니.

안톤 뭐, 그럴 수도. 그래도 너하곤 어떻게 해야 할지 알아. -- 우리 엇갈리는 말은 말자고, 우리 도련님 어딨지? 결국 여기 그 빌어먹을 우편물을 가져왔는데.

리제테 만나려고?

안톤 아니, 하지만 확실한 건, 지금 도련님이 오는 소리가 들린다는 거야.

리제테 오게 놔둬. 마지막으로 이 사람을 미치게 만들 테니까.

14장

안톤, 리제테, 다미스(생각에 깊이 잠긴 모습으로 온다. 리제테가 살그머니 그의 뒤로 가서 그의 일그러진 표정을 흉내낸다.)

안톤 잠깐! 조금 더 기다리게 해야겠어. 우편물을 바로 주지 말아야지. (편지들을 집어넣는다.) 왜 그렇게 생각에 잠겨 계신가요, 다미스 도련님? 또 머리에 뭐가 박힌 겁니까?

다미스 주둥이 닥쳐!

안톤 대답이 간단하네요! 하인이 주인을 걱정하면 안 됩니까? 도련님이 무슨 생각을 하는지 저도 아는 게 옳을 텐데요. 눈먼 암탉도 이따금 곡식 낟알을 발견합니다. 혹시 제가 도련님께 --

다미스 닥쳐!

안톤 대답이 더 짧아졌네요. 대답이 단계적으로 그렇게 줄어들면 뭐가 남게 될지 한번 보고 싶군요. 손가락으로 뭘 세는 겁니까? 그 불쌍한 손톱이 도련님께 무슨 짓이라도 했나요, 그렇게 물어뜯게? (리제테를 발견한다.) -- 젠장, 무슨 원숭이 짓이야? 정신 나갔냐?

리제테 주둥이 닥쳐!

안톤 제발 가! 우리 도련님이 꿈에서 깨서 널 보면 --

리제테 닥쳐!

안톤 날 놀리는 거야 아니면 우리 도련님을 놀리는 거야? 뒤를 좀 한번 보세요, 다미스 도련님!

다미스 (깊이 생각에 잠긴 채 몇 번 왔다 갔다 한다. 리제테가 똑같은 동작으로 그의 뒤를 따라다닌다. 그가 몸을 돌리면 그녀도 재빨리 그의 뒤로 돌아가 선다. 그래서 그는 그녀를 눈치채지 못한다.)

내 결혼식 횃불의 불꽃을
나 지금 노래하노니!

안톤 호! 호! 시를 지으시나요? 가자, 리제테, 도련님을 혼자 놔둬야 해. 도련님은 이럴 때 여러 번 날 방에서 내쫓은 적이 있거든. 끝나자마자 우리를 다시 부르실 거야, 아마도 온 집안 사람들을 다 부를걸.

리제테 (다미스가 몸을 돌리자 뻣뻣하게 그의 앞에 멈춰 서서 그의 어투를 그대로 흉내 낸다.)

내 결혼식 횃불의 불꽃을
나 지금 노래하노니!

(다미스는 마치 그녀를 인식하지 못한 듯 행동하며 그녀와 부딪힌다.)

다미스 이게 뭐야?

리제테 이게 뭐야?

(두 사람, 마치 정신이 든 듯.)

다미스 무식한, 천박한 놈! 내가 몇 번이나 말하지 않았나, 아버지 말고는 아무도 내 방에 들이지 말라고? 이 여자가 여기서 뭘 하려는 거야?

리제테 무식한, 천박한 놈! 네가 몇 번이나 말하지 않았나, 내가 이 방에서 나가야 한다고? 요 옆방에 있을 수 있었던 사람은 이 방에 있을 수 있는 허락을 받을 거란 생각도 못하냐? 무식한, 천박한 놈!

안톤 내가 누구한테 대답해야 하는 거야?

다미스 당장 이 여자 방에서 쫓아내!

안톤 쫓아내요? 힘으로요?

다미스 순순히 가려 하지 않으면 --

안톤 리제테, 순순히 가 --

리제테 그래야 할 상황이 오면.

다미스 쫓아내라니까!

안톤 가자, 리제테, 손을 이리 줘, 아주 정중하게 밖으로 모시겠습니다.

리제테 야만인 같으니, 누가 숙녀를 맨손으로 안내해?

안톤 오, 나도 살아가는 방법을 알지! - 장갑이 없으니까 - (조끼 끝을 잡고) - 영광입니다 -

다미스 알겠다, 내가 직접 이 여자를 처리해야겠군 -- (리제테를 향해 간다.)

리제테 하! 하! 하! 이 정도까지만 하려고 했던 거예요. 안녕!

15장

안톤, 다미스

다미스 생각이 다 사라졌어! 불꽃이 연기가 되어 버렸어. 상상력이 흐트러졌어. 우릴 감격하게 만들어야 할 신이 날 떠났어 -- 빌어먹을 피조물! 저 여자가 오늘 이미 날 화나게 만들지 않았더냐! 얼마나 조롱하는 투로 날 대했는지! 세상에! 내가 깊은 생각에 잠긴 동안 모든 걸 그렇게 우습게 흉내 내고.

안톤 하지만 도련님은 그걸 못 보셨는데요.

다미스 내가 못 봤나?

안톤 네? 그게 가능해요? 이렇게 서 계셨는데?

다미스 닥쳐, 바보 녀석! -- 내가 다시 무아경 속에 있을 수 있는지 봐야

겠다 --

안톤 그러지 마세요. 너무 음울해 보이는데, 그러면 시가 잘되긴 불가능할 겁니다. - 그런데 그게 어떤 건지 알면 안 됩니까? 저녁 노래, 아니면 아침 노래?

다미스 멍청이!

안톤 참회의 노래?

다미스 아둔한 놈!

안톤 식사 노래? 그것도 아닌가? -- 죽음 노래를 만드시는 건 아니죠? 사실 전 너무 솔직해서, 제가 아무리 위대한 시인이라 하더라도 그런 건 못 만들 겁니다. 죽는다는 건 자기 자신한테 저지르는 제일 어리석은 장난이죠. 그런 사람은 시 한 줄 못 쓸 텐데 하물며 노래를.

다미스 네 무식에 연민을 가질 수밖에 없겠다. 넌 네가 노래책에서 본 것 말고 다른 시는 모르는구나.

안톤 정말 다른 시도 있어요? 그럼 도련님께서 지으시는 걸 들려주세요.

다미스 내가 짓는 건 — Epithalamium[42]이야 --

안톤 Epithalamium? 젠장, 되게 어렵네! 그걸 정말 제대로 다룰 수 있습니까? 그것도 예술인가요 -- 그런데 다미스 도련님, 우리끼리 얘긴데, 도대체 그거 Epith - pitha - thlamium이 뭐에요?

다미스 그게 뭔지 모르니 발음하는 것도 어렵겠지?

안톤 에이, 단어가 어려워서요. 그게 뭔지, 좀 다른 말로 해 주세요.

다미스 Epitalamium은 Thalassio[43]야.

---

42 결혼 노래
43 결혼 노래

안톤 아, 네! 이제 알겠습니다. Epitalamium은 -- 뭐라고요?

다미스 Thalassio.

안톤 Thalassio, 그걸 지으실 수 있습니까? 그럼 시간이 많이 필요하시겠네요 — 그런데 도련님, 누가 Thalassio가 뭐냐고 제게 물으면 뭐라고 답해야 하죠?

다미스 넌 Thalassio가 뭔지도 몰라?

안톤 저야 잘 알죠, Thalassio는 -- 아까 먼젓번 단어가 뭐였죠?

다미스 Epitalamium.

안톤 아, Epitalamium이죠. 그리고 Epitalamium은 Thalassio고요. 안 그렇습니까, 제가 잘 기억해 뒀죠? 하지만 이 두 단어를 모르는 다른 사람들한텐 이게 명확하지 않을 것 같군요.

다미스 그럼 Thalassio는 Hymenaeus[44]라고 말해 줘.

안톤 제길! 그건 사람들을 열받게 하는 거예요. Epitalamium은 Thalassio고, Thalassio는 Hymenaeus고. 그리고 또 거꾸로 하면, Hym -- Hym -- 이런 명칭은 한 사람밖에 모를 거예요.

다미스 맞다! 맞아! 그래도 네가 사물의 개념을 얻기 시작하는구나.

안톤 제가 그런 개념을요? 전 사실 아주 솔직합니다! 도련님이 틀렸어요. 그 알아들을 수 없는 단어가 무슨 뜻인지 제가 알았다면 그건 귀신이 속삭여 준 거겠죠. 그걸 우리말로 말해 주시죠, 아니면 우리말은 없나요?

다미스 하나 있지. 다만 그건 편하게 쓰인 지 오래되지 않았고, 그리스어나 이탈리아어에서 따온 지도 얼마 되지 않았어. 말해 봐라, "결혼

---

44 결혼 노래

축시"라는 말이 Epitalamium, Hymenaeus, Thalassio보다 훨씬 빈약하게 들리지 않는지.

안톤 저한텐 안 그런데요, 정말로 제겐 안 그래요! 왜냐하면 먼저 것은 제가 알아듣지만 뒤엣것들은 안 그렇거든요. 그러면 결혼 축시를 지으시려 했던 거군요? 왜 진작 그렇게 말씀하시지 않았죠? -- 결혼 축시라면 제가 놀랄 만큼 박식하죠. 제가 어떻게 그렇게 됐는지 말씀드려야 하겠군요. 예전에 돌아가신 우리 아버지에겐 사촌이 하나 있었죠 - 그 사람은 어떤 의미에서 제 사촌이기도 했고요 --

다미스 무슨 쓸데없는 소리야?

안톤 좀 기다려 보시지 않겠습니까? 좋아요! 도련님 손해니까. -- 그럼 계속해 보죠, 도련님은 결혼에 대한 시를 지으시려 했던 거죠? 그런데 어떤 결혼에 대한?

다미스 무슨 질문이 그래! 내 결혼에 대한 거라면?

안톤 그러니까 율리아네 아가씨와 결혼하신다는 거죠? 노친네께서 원치 않으시는데요? --

다미스 아, 그렇지!

안톤 그렇잖아요, 아들이 아버지를 신경 쓸 게 뭐 있습니까? 하지만 말씀해 보세요, 자기 결혼에 대해 시를 짓는다는 게 합당합니까?

다미스 물론 일반적이진 않지. 하지만 그럴수록 더 좋아! 나 같은 정신적 인물은 특별한 걸 좋아하니까.

안톤 (방백으로) 쉿! 이제 이 사람을 좀 놀려 먹어야겠다! - (큰 소리로) 들어보세요, 다미스 도련님, 율리아네 아가씨와 결혼하시는 걸 꼭 보고 싶네요.

다미스 왜?

안톤 제가 감히 도련님께 이런 말을 해도 되는지 모르겠습니다만. 제가 -- 제가 직접 --

다미스 그냥 말해!

안톤 제가 직접 도련님 결혼에 대한 시를 지어 보려 했죠. 그래서 제 노력이 헛되지 않았으면 좋겠습니다.

다미스 뭔가 멋진 게 되겠네!

안톤 물론이죠! 그런데 이게 제 결함인데요, 제가 만드는 게 뭔가 제대로 된 것일 수도 있고 아니면 전혀 아무것도 아닌 게 될 수도 있단 말입니다.

다미스 이리 줘 봐! 어쩌면 내가 각운을 고쳐줄 수 있을 거다. 그러면 나하고 너한테 명예로운 시가 될 거야.

안톤 들어 보시죠, 읽어 드리겠습니다. (주머니에서 종이 쪽지를 찾는다.) 완전히 완성하진 못했다는 점을 말씀드립니다. 하지만 시작은, 경우에 따라서는 이게 끝부분이 될 수도 있겠습니다만, 이렇습니다 -- 불빛을 좀 가까이 대 주세요! --

너, 오, 고귀한 솜씨여,
마음먹은 목표에
유용한 방법을 --

다미스 잠깐! 정말 형편없는 놈이네. 하! 하! 하! "너, 오"는 쓸데없는 거야. "고귀한 솜씨여"는 아무 의미도 없고. "너, 오, 고귀한 솜씨여"는 더해. Deleatur ergo[45] "너, 오"야. 하지만 두 음절이 모자라지 않게 하려면 형용사 "고귀한"을 보강해 봐, 그리스 방식을 따라서 "극히 고귀한"이

---

45 삭제할 것은

라고 해 봐. "극히 고귀한"이 새로운 단어라는 걸 난 잘 알지. 그리고 새로운 단어가 시와 산문을 잘 구분할 수 있게 해 준다는 것도 잘 알지. 이런 작은 장점을 명심해! 뭔가 들어보지 못한 것, 뭔가 말해지지 않은 것을 표현할 수 있도록 넌 철저하게 노력해야만 해. 내 말 알아들어, 멍청아?

안톤 그래 보죠.

다미스 그러면 네 첫 번째 행은 이렇게 되겠지. "극히 고귀한 솜씨여" 뭐, 뭐. 계속 읽어.

안톤 마음먹은 목표에
유용한 방법을 발견하는,
그리고 적당한 때에
그 힘을 이용하는,
이 세상이
그 첫 번째 카 – 카 – 카오스에 빠질 때까지
너는 포플러나무처럼 푸르러지리.

그런데 다미스 도련님, 제가 여기서 무슨 생각을 해야 했을지 말씀해 주시진 못하겠죠? 제길! 좋아요, 저 자신도 잘 모르겠습니다. 첫 번째 카 – 카오스, 전 이 단어를 한 번도 입에 담아 본 적이 없던 것 같거든요. 저한텐 정말 끔찍하게 들려요.

다미스 이리 보여 줘 --

안톤 잠깐만요, 잠깐만요! 다시 한번 읽어드릴게요.

다미스 아냐, 아냐, 그 쪽지 이리 줘 봐.

안톤 도련님은 못 읽으세요. 너무 악필이거든요. 철자도 다 안 맞고. 철자들이 마치 새끼를 까려는 듯 한 놈이 다른 놈을 깔고 앉았다니까요.

다미스 그래도 내놔!

안톤 (떨면서 쪽지를 준다.) 젠장! 자기가 쓴 건데!

다미스 (잠시 쪽지를 살펴본다.) 이게 뭐야? (화가 나 일어선다.) 빌어먹을 배신자 같은 놈, 이 종이 어디서 났어?

안톤 너무 화내지 마세요, 너무 화내지 마세요!

다미스 이거 어디서 났냐고?

안톤 절 목 졸라 죽이시게요?

다미스 이 종이 어디서 났냐고 묻잖아?

안톤 우선 진정하시고요.

다미스 자백해!

안톤 저기 -- 저기 도련님 — 조끼 주머니에서요.

다미스 못 배워 처먹은 놈! 이게 충성이냐? 이건 도둑질이야, Plagium[46]이라고!

안톤 젠장! 그 쓰레기 때문에 절 도둑놈으로 만드시는 겁니까?

다미스 쓰레기 때문에? 뭐? 철학적 교훈시의 시작부를 쓰레기라고 하는 거냐?

안톤 도련님 스스로 말씀하셨잖아요, 그건 쓸데없는 거라고.

다미스 그게 결혼 축시로 소개되고 네가 그 저자인 한에서 그렇지. 그 밖에 나한테서 슬쩍해 간 다른 원고도 당장 다 내놔! 내 작품이 이상한 놈 손에 있는 걸 봐야 한단 말이냐? 추악한 까마귀를 내 화려한 공작 깃털로 장식해 줘야 한단 말이야? 어서 내놔! 안 그러면 다른 조치를 취하겠다.

---

46 정신의 도둑질

안톤 도대체 뭘 원하시는 겁니까? 전 도련님한테서 철자 하나 가져간 게 없어요.

다미스 당장 주머니 다 뒤집어 봐!

안톤 왜 못 하겠습니까? 뒤집으면 제가 갖고 있던 게 다 쏟아져 나오겠죠.

다미스 해 봐, 화나게 하지 말고!

안톤 저한테서 티끌만 한 종이라도 발견하신다면 제가 사기꾼이죠. 하지만 도련님 뜻이니 - 여기 한쪽, 여기 다른 쪽 -- 뭐가 있습니까? 여기 세 번째, 여기도 비었죠. - 그럼 다음 네 번째 - (주머니를 뒤집자 편지들이 떨어진다.) -- 젠장, 빌어먹을 편지! 이걸 까맣게 잊고 있었네 - (재빨리 주우려 한다.)

다미스 이리 내, 이리 내! 뭐가 떨어진 거야? 뭔가 내 것인 게 분명해.

안톤 전 정말 정직하게 삽니다. 도련님 게 절대 아녜요. 뭔가 도련님하고 관련이 있을 수는 있겠지만.

다미스 날 막지 말아. 할 일이 많아.

안톤 도련님도 절 막지 마세요. 제가 곧 우체국에 다시 가 봐야 하는 걸 아시잖아요. 편지가 와 있을 겁니다.

다미스 그럼 가 봐, 가 봐! 하지만 그전에 네가 황급히 주운 걸 보여 줘. 봐야겠다.

안톤 젠장! 그렇다면 우체국에 갈 필요가 없겠군요.

다미스 어째서?

안톤 자, 자! 여기 받으세요. 전 빨리 가 봐야겠어요. (그에게 편지를 주고 가려 한다.)

다미스 (편지를 살펴보면서) 에, 안톤, 안톤! 이건 내가 기다리던 베를린 편지야. 주소를 보니 알겠어.

안톤 그게 그거일 수 있겠죠. 하지만 다미스 도련님, 단지 -- 단지 화만 내지 마세요. 그걸, 정신이 없어서! 까맣게 잊고 있었어요.

다미스 뭘 잊었다고?

안톤 거의 삼십 분 전에 편지를 주머니에 넣어 둔 걸 말입니다. 빌어먹을 수다를 떠느라! --

다미스 이제 편지가 여기 있으니 네 멍청한 장난을 용서해 주마. - 그런데 사랑하는 안톤, 이 안에 어떤 비교도 할 수 없는, 어떤 가치로도 잴 수 없는 소식이 들어 있을까! 아버지도 얼마나 기뻐하실까! 어떤 명예가, 어떤 호평이! -- 오, 안톤! -- 당장 읽어 줄게 -- (급히 편지를 뜯는다.)

안톤 좀 천천히, 안그러면 편지가 다 찢어지겠어요. 저런! 제가 말씀드렸잖아요.

다미스 괜찮아, 이래도 읽을 수 있어. -- 무엇보다도 이게 어떤 편지인지 말해줘야겠구나. 너도 알지, 아니 모를 수도 있겠다, 프로이센 학술원이 가장 뛰어난 모나드 이론 연구에 상을 걸었지. 철학자들한테서 이 상을 채 와야 겠다는 생각이 너무 늦게 들었어. 그래서 급히 서둘러 기간 안에 마쳐야 하는 논문을 한 편 썼지. - 논문을 말이야, 안톤 -- 나 자신도 논문을 어떻게 썼는지 모르겠어, 그만큼 논문은 학술적이지. 이제 일주일 전에 학술원은 접수된 논문에 대해서, 당연히 내 명예가 될 심사 결과를 발표한 거지. 내가, 내가 상을 받아야지, 다른 사람이 아니고. 바로 그 소식을 달라고 거기 있는 내 친구들 중 하나에게 엄숙하게 청했거든. 여기 그 소식이 온 거야. 들어 봐.

"친구,

친구에게 어떻게 그렇게 답을 재촉할 수 있나! 자네 아니면 다른 사람이 학술상을 받았는지 그 첫 소식을 나한테 받지 못하면 자네의 우정을 잃을 것이라 협박하고 있구만. 그래서 자네에게 급히 소식을 전하네. 자네는 상을 못 -- (말을 더듬으며) 받았고, 또한 (점점 더 당황하며) 받을 수도 -- 없었어. --"

뭐라고? 내가 아니라고? 그럼 대체 누가? 도대체 왜 내가 아니라는 거야? -

"내가 친구로서 자네에게 말하는 걸 허락해 주게."

그래 말해 봐라, 배신자 놈!

"나는 자네의 논문을 제출해서 오히려 자네에게 폐를 끼칠 수는 없었어. --"

그럼 넌 그걸 제출하지 않았단 말이야, 이 믿지 못할 놈아? 맙소사, 이게 무슨 날벼락이야! 친구 자격도 없는 놈, 네 소홀함으로 내 응당한 보상을 빼앗겨야 한단 말이야? 어떻게 변명할 거야, 이 무가치한 놈아?

"솔직히 말하자면, 자네는 학술원이 요구한 것과는 완전히 다른 무언가를 한 것으로 보이네. 자네는 모나드라는 단어가 문법적으로 무엇을 의미하는지 연구도 않고 알려고 했단 말인가? 누가 그 단어를 처음 사용했나? 크세노크라테스[47]에게 있어서 그것은 무엇을 가리키는 건가? 피타고라스의 모나드가 모스쿠스[48]의 원자였다는 건지? 특히 여기에서 주요 문제가 빠진다면 이 작은 비평문이 다루고자 하는 게 무엇이지? 자네 이름을 사람들이 얼마나 쉽게 추측할 수 있었겠나, 어쩌면 자네는 조롱거리가 되어 버린 것 같은데, 며칠 전에 자네와 관련해 그 같은 걸 어떤 학술 신문에서 발견했거든. - "

---

47 Xenokrates(기원전 397~기원전 314). 고대 그리스 철학자. 플라톤의 제자.
48 Moschus. 기원전 4세기 그리스 철학자.

이게 뭐야? 내 눈을 믿을 수 없군! 이런 빌어먹을 종이쪽 같으니! 이걸 쓴 빌어먹을 자식! (편지를 바닥에 던지고 발로 짓밟는다.)

안톤 불쌍한 편지! 끝까지 다 읽어 봐야죠! (편지를 집어 든다.) 어쩌면 아주 좋은 말이 나올겁니다, 다미스 도련님. 어디까지 읽으셨죠? 여기, 여기! 들어 보세요!

"어떤 학술 신문에서 발견했거든. -- 사람들은 자네를 어디서나 빛나고 싶은 젊은 학자라 부르고 있네, 그리고 그 저술 욕구는 -"

다미스 (안톤의 손에서 편지를 낚아챈다.) 망할 놈! 이게 네 편지가 받는 보답이다! (편지를 찢어 버린다.) 네가 내 마음을 찢어 놓으니 난 네 뻔뻔한 소식을 찢어 버리는 거지. 네놈을 짓이겨 버릴 수 있다면 좋겠다! 하지만 - (안톤에게) 너, 이 쓸데없는 놈, 무식한 짐승 같은 놈! 모든 게 다 네놈 때문이야!

안톤 저요, 다미스 도련님?

다미스 그래, 너! 이 편지를 얼마나 오래 주머니에 넣어 두고 있었던 거야?

안톤 도련님, 제 주머니는 쓰지도 읽지도 못합니다. 제 주머니가 편지를 조작했다고 생각하신다면 -

다미스 닥쳐! 이런 모욕을 참을 수 있나? -- 오, 너희 멍청한 독일 놈들! 그래, 물론 그런 내 작품 같은 것을 제대로 평가하려면 다른 천재가 필요하겠지! 너희들은 영원히 너희의 야만스런 어둠 속에 머물 것이고, 영리한 너희 이웃들의 조롱거리가 될 것이다! - 하지만 난 너희들에게 복수를 할 것이고, 이제부터 난 독일인으로 불리길 그만둘 것이다. 난 감사할 줄 모르는 조국을 떠나겠다. 아버지, 친척들, 친구들, 모두, 모두를 더 이상 알고 지내지 않겠다, 그 사람들은 독일인이니까. 그 사람들은 자기들의 가장 위대한 정신을 기필코 자기들에게서 쫓아내는 민족

이니까. 분명히 프랑스와 영국이 내 업적을 알아볼 것이다 –

안톤 다미스 도련님, 다미스 도련님, 미치기 시작하셨네요. 도련님 옆에 있다간 온전치 못하겠습니다. 누구라도 불러야겠어요.

다미스 멍청한 독일 놈들, 그것들은 이미 지들이 나한테서 뭘 잃었는지 느끼고 있을 거다! 난 내일 이 불행한 나라를 떠날 준비를 해야겠다 --

16장

크리잔더, 다미스, 안톤

안톤 다행이다, 누군가 오네!

크리잔더 리제테, 이 망할 계집애! 그리고 (안톤에게) 너, 너, 이 놈팡이! 편지를 전한 대가를 받아야겠다. 그렇게 날 속여? 좋다! -- 아들, 생각해 봤는데, 네 말이 옳다. 너한테서 율리아네를 다시 뺏을 수는 없지. 네가 그 애를 가져야지.

다미스 이젠 또 율리아네? 지금은 완전히 다른 결정을 했습니다 -- 이제 그 얘긴 그만 두세요, 전 율리아네가 싫어요.

크리잔더 내가 널 계속 반대한다면 옳지 않을 거야. 누구에게나 자유를 인정해야지. 그리고 율리아네가 네 마음에 든다는 걸 잘 안다 –

다미스 제게요? 그런 멍청한 독일 여자가요?

크리잔더 그애는 예쁘고, 도덕적이고, 정직한 처녀야. 널 아주 만족시킬 거다.

다미스 그 여자를 칭찬하시는 겁니까, 아니면 비난하시는 겁니까, 뭐든 저한텐 똑같아요. 아버지가 원하시는 대로 따를게요, 원하시는 건 그 여자를 생각하지 말라는 거잖아요.

크리잔더 아냐, 아냐. 내가 고집부린다고 불평해선 안 돼.

다미스 그리고 아버진 제가 복종하지 않는다고 불평해선 안 되고요.

크리잔더 나는 내가 원하는 대로가 아니라 네가 원하는 대로 해 주는 관대한 아버지라는 걸 보여 주고 싶다.

다미스 저도 모든 면에서 아버지를 지극히 따르는 아들이라는 걸 보여드리고 싶습니다.

크리잔더 그래, 그래, 율리아네를 택해라! 축복을 내리마.

다미스 아니에요, 아니에요, 전 아버지를 화나게 하지는 않을 겁니다 --

크리잔더 도대체 무슨 반대냐? 그러면 날 화나게 하는 거야!

다미스 전 그래도 아버지가 진심으로 세 번째로 마음을 바꾸셨다고 믿고 싶진 않아요.

크리잔더 그러면 안 되나?

다미스 아, 어떻든 상관없어요! 마찬가지로 저도 생각을 바꿨고, 결혼은 절대 하지 않기로 확실하게 결심했습니다. 여행을 떠나야 해요. 빠를수록 더 좋아요, 여길 떠날 겁니다.

크리잔더 뭐라고? 내 허락도 없이 나가겠다고?

안톤 우습게 돼 가네! 세 번째 남자가 없으니 내가 어서 그 사람을 데려와야겠군. 다미스가 율리아네를 원치 않으니, 어쩌면 팔러가 그 여자를 낚겠네. (퇴장한다.)

17장

크리잔더, 다미스

다미스 예, 예, 사십팔 시간 안에 길을 떠나야 합니다.

크리잔더 도대체 네 머리에 무슨 생각이 든 거야?

다미스 전 이미 오래전부터 독일에 계속 머무는 게 싫증 났어요. 조잡함과 어리석음만 있는 이 북쪽에 말이죠. 여기선 모든 게 현명한 걸 방해하죠. 여기선 백 년이 다 지나도 저 같은 정신은 태어나지 못할 겁니다 --

크리잔더 독일이 네 조국이란 걸 잊었니?

다미스 조국은 무슨!

크리잔더 이 나쁜 놈, 차라리 아버지는 무슨이라고 해라! 네가 율리아네를 택해야 한다는 걸 알려 주지. 네가 그 애한테 약속을 했고, 그 애는 너한테 약속했단 말이다.

다미스 율리아네는 자기 말을 취소했어요, 제가 지금 제 말을 취소하는 것처럼, 그래서 --

크리잔더 그래서! - 그래서! - 이 문제에 관해 간단히 말해서, 너, 내 말대로 하지 않으면 내가 네 상속권을 박탈할 수도 있다는 걸 알고 있겠지?

다미스 마음대로 하세요. 다만, 부탁드려도 된다면, 지금은 절 혼자 있게 내버려두시죠. 여행을 떠나기 전에 자비를 베풀어 제 동족에게 남기고 싶은 논문 두 편을 완성해야 하니까요. 다시 부탁드립니다만, 절 내버려두세요 --

크리잔더 차라리 날 문 밖으로 쫓아내고 싶은 건 아니냐?

18장

팔러, 안톤, 크리잔더, 다미스

팔러 뭐라고, 다미스? 자네가 다시 제정신으로 돌아온 게 사실이야? - 율리아네를 포기한다는 게 사실인가?

크리잔더 아, 팔러, 좀 더 적당한 때 올 수 있었을 텐데. 자네는 이 애가 더 고집 부리게 만들고 있어. 그렇지? 내가 자네가 원하는 대로 해야 한다는 건가? 그런 사악한 방법으로 날 속이려고? - 아들, 더 이상 내 말에 반대하지 마라, 안 그러면 --

다미스 협박하셔도 소용없어요. 전 조국보다 절 가질 권리를 갖고 있는 여러 외국에 절 보여 줘야 해요. 제가 마누라를 데리고 이리저리 돌아다니길 요구하시는 건 아니죠?

팔러 여행을 주장하는 다미스 말이 옳습니다. 이 친구의 상황에선 그보다 더 유익한 건 아무것도 없어요. 이 친구 뜻대로 내버려두시고, 그토록 엄숙하게 약속하셨던 율리아네를 제게 허락해 주십시오.

크리잔더 무슨 약속을 했다는 거지? 사기꾼한텐 약속을 지킬 필요가 없어.

팔러 오로지 리제테 혼자서 그 속임수 놀이를 하려 했던 거라고 이미 어르신께 분명히 말씀드렸습니다. 우린 리제테가 없었다면 그 서류에 대해선 전혀 몰랐을 겁니다. -- 그게 나오지 않았더라면 얼마나 행복했을까요! 그건 율리아네에게 닥칠 수 있었던 가장 끔찍한 행운입니다. 율리아네는 마음의 자유를 얻을 수 있다면 그걸 기꺼이 희생할 겁니다.

크리잔더 희생한다고? 팔러, 그게 무슨 말인지 생각해 보게. 우리 상인들은 말꼬리 잡는 걸 좋아하지.

팔러 아, 여기서도 그런 행동을 하시다니! 율리아네는 기쁜 마음으로 어르신께 서류를 양도한다는 겁니다. 원하시면 소송을 시작하세요. 어르신이 완전히 유리할 겁니다. 율리아네는 그걸 아주 작은 감사의 표시로 여길 겁니다. 율리아네는 아직도 어르신께 빚이 더 있다고 여기고 있어요. -

크리잔더 자, 자, 그 아이는 늘 나한테 감사하지 — 하지만 팔러, 자네는 그 아이의 미래의 남편으로서 그 감사함을 어떻게 표현하겠나?

팔러 저를 좀 더 좋게 생각해 주시지요. 전 율리아네를 사랑했습니다. 그때 율리아네는 어떤 희망도 없었죠. 지금도 여전히 율리아네를 사랑합니다, 이기적인 의도는 조금도 없이 말입니다. 생각해 보시지요, 정직한 사람한테 선물로 힘든 소송을 준다면 그건 뭘 선물하는 거겠습니까?

크리잔더 팔러, 진심인가?

팔러 서류 말고 다른 것을 더 요구하신다면, 제 재산의 반은 어르신 것입니다.

크리잔더 천만에, 내가 자네 재산 중에 몇 푼이라도 원했단 말인가! 날 그렇게 이기적인 사람으로 봐선 안 돼. - 우린 좋은 친구야, 예전 그대로. 율리아네는 자네 것이네! 서류가 내 거라면 그 아이는 그만큼 더 자네 거야.

팔러 가시죠, 어르신, 율리아네에게 그 말을 확인시켜 주시죠! 저희 둘을 기쁘게 해 주시니 율리아네가 얼마나 기뻐할까요.

크리잔더 그렇다면, 다미스, 내 생각에 넌 오늘 밤에 여행을 떠나도 좋다. 너 같은 바보를 집에서 나가게 할 수 있다면 신께 감사해야지.

다미스 그냥 가세요, 절 혼자 내버려두세요.

팔러 다미스, 결국 내 행복이 자네 덕분이라 생각해야 하겠지? 자네가 변화한 원인이 내가 아니란 걸 이미 알고 있지만, 난 솔직한 애정으로 그렇게 생각하고 있어.

다미스 하지만 진짜 원인은? – (안톤에게) 빌어먹을 놈, 주둥이 좀 다물 수 없었나? – 그냥 가, 팔러 –

(크리잔더와 팔러가 퇴장하려 하자 안톤이 팔러를 붙잡는다.)

안톤 (조용히) 그렇게 서두르지 마세요! 리제테의 혼수 자금은 어떻게 되는 거죠, 팔러 선생님? 그리고 제 --

팔러 걱정 말아, 내가 약속한 것 이상으로 지킬 테니.

안톤 야호! 이제 비둘기가 잡혔네.

마지막 장

다미스(자기 책상에), 안톤

안톤 한 마디만요, 다미스 도련님, 도련님과 얘기할 게 있습니다.

다미스 그런데? --

안톤 여행 가실 겁니까?

다미스 용건이 뭐야? 벌써 한 마디 이상이잖아.

안톤 자, 그럼, 저와 작별입니다.

다미스 너와 작별이라고? 내가 너같이 못 배워 먹은 놈을 데리고 갈 줄 알았나?

안톤 아니에요? 그러면 작별입니까? 다행이네! 이제 도련님한테 드리는 작은 교훈도 받으시죠. 저는 삼 년 넘게 도련님의 어리석음을 봐 왔습니다. 그러면서 충분히 어리석은 짓을 했죠. 왜냐하면 전 알기 때문이죠, 주인이 그렇게 바보 같으면 하인도 --

다미스 창피한 것도 모르는 바보 같은 놈, 내 눈앞에서 꺼져.

안톤 그렇다면! 충고받을 생각이 없다면 도움받을 자격도 없는 법이죠. 평생 학식 있는 다미스 도련님으로 사세요! (퇴장한다.)

다미스 꺼지라고 했다, 안 그러면! --

(안톤을 향해 책을 집어 던진다. 막이 내린다.)

『젊은 학자』 끝

역자 해설

레싱 ― 독일 계몽주의 문학의 완성자

18세기 독일 계몽주의 시대는 이성의 자율과 교육 이념이 지배했던 시기로 이 시기의 독일문학은 교육 수단의 기능이 강하고 신학과 철학의 범위를 벗어나지 못하고 있었다. 또한 문학은 아리스토텔레스의 『시학』과 프랑스 고전주의, 영국 감상주의의 영향으로 독립적 위치를 갖추지 못한 상태였다. 이 같은 상황에서 독일 계몽주의 문학을 완성한 인물이 고트홀트 에프라임 레싱(Gotthold Ephraim Lessing, 1729~1781)이다.

레싱은 라이프치히 대학에서 신학과 의학을 공부했으나 자유로운 작가가 되고자 했다. 레싱은 1748년에 베를린으로 이주하여 신문과 잡지에 평론을 기고하며 비평가로서 자리를 잡는다. 문학 활동 초기, 청년 레싱의 관심은 연극과 희극에 있었다. 당시 레싱의 꿈은 독일의 몰리에르가 되는 것이었고, 그는 풍자를 통해 인간의 비합리성을 폭로하는 희극에 집중했다. 이 시기에 레싱은 7편의 희극, 『젊은 학자』(1747), 『다몬 또는 진정한 우정』(1747), 『여성혐오자』(1747), 『노처녀』(1748), 『유대인』(1749), 『자유신앙주의자』(1749), 『보물』(1750)을 완성한다. 그러나 레싱의 희극을 향한 열정은 그의 문학 작업 후기에 이르기까지 계속되지는 않았다. 비록 후기에 걸작 희극 『민나 폰 바른헬름』(1767)이 나오긴 했지만 레싱의 관심은 희극에서 비극으로 옮겨 갔다.

18세기 중엽, 레싱의 등장은 독일 고유의 국민 문학이 기틀을 잡게 되는 혁명적인 변화를 의미한다. 레싱은 아리스토텔레스의 이론에 의거한 시간, 장소, 줄거리의 3통일 규칙이나 비극의 주인공은 영웅이나 높은 지위의 인물이어야 하고 희극의 주인공은 평범한 계급의 인물이어야 한다는 계층 조건과 같은 희곡 문학의 규칙들을 비판하고, 특히 비극을 사실적이고 시민적인 국민 비극으로 변화시키고자 하였다. 비극의 구조를 개선하고자 한 그의 노력은 '시민비극'의 완성으로 이어진다.

레싱은 이전까지 비극의 본질로 이해되어 왔던 감동의 야기에서 더 나아가 비극의 목적을 동정의 야기로 보았다. 동정은 인간이 인간에게 가질 수 있는 동질성과 공감의 감정에서 출발한다. 비극의 효과미학적 개념에서 레싱에게 중요했던 것은 비극의 주인공은 관객이 공감할 수 있는 인물로서 관객과 같은 존재여야 한다는 점이었다. 따라서 비극의 인물은 같은 인간으로서 진정한 감동과 동정을 일깨울 수 있는 인물이어야 했다. 보편적인 사람들과 다른 세계에 사는 궁정의 영웅적 인물은 레싱에게 있어서 보편적 시민 계층에게 감동을 줄 수 있는 인물로는 부적합했다. 레싱은 그러한 인물의 모습은 관객에게 감동과 동정이 아닌 경탄만 일으킬 수 있다고 생각했다.

"제후나 영웅은 작품에 화려함과 장중함을 부여할 수는 있다. 그러나 감동을 주는 데는 전혀 기여하지 못한다. 우리의 상황과 가장 가까운 상황에 처해 있는 사람들의 불행이야말로 저절로 우리의 영혼 속으로 가장 깊숙이 파고들 것이다. 우리가 왕에게 동정을 느낀다면, 그것은 우리가 왕으로서가 아니라 인간으로서 느끼는 동정인 것이다."

- 레싱, 『함부르크 희곡론』

이 같은 레싱의 비극 주인공 개념은 종전의 영웅비극 주인공의 모습과 대비되는 새로운 것으로서, 그가 주장하는 비극의 주인공 개념은 탈영웅화, 인간화 내지 시민화의 측면에서 이해할 수 있다. 레싱이 요구하는 비극의 인물은 관객들과 유사한 환경에서 비슷한 문제를 가지고, 비슷한 방식으로 사고하는 생활 양식을 지녀야 한다. 극 중 인물의 생활 범위는 시민 관객의 사적인 생활 영역과 유사해야 하는 것이다. 이러한 시민적 인물은 영웅비극의 주인공과 달리 그 인간성에 의해 보다 직접적으로 관객에게 영향을 줄 수 있다. 이는 레싱이 무대 위 인물의 인간적인 면을 통해 관객에게 정서적 감동을 불러 일으키는 '인간의 도덕적 정화'를 비극의 유용성으로 보고 있다는 의미이다. 다시 말해 레싱이 파악하는 비극의 중요한 목적은 동정을 통해 선하고 미덕을 갖춘 인간을 제시하는 것이다. 레싱은 인간성을 '동정을 느낄 수 있는 능력'으로 보았으며 동정하는 능력을 향상시키는 것이 인간의 도덕을 향상시키는 일이라 간주했다. 레싱에겐 동정을 느낄 줄 아는 인간이 가장 선한 인간인 것이다. 레싱의 주요 비극으로는 시민비극의 토대라 할 『사라 샘슨 아가씨』(1755)와 시민비극의 완성작이라 평가되는 『에밀리아 갈로티』(1762)가 있다. 레싱의 마지막 희곡 『현자 나탄』(1779)은 비극이나 희극에 속하지 않는 극시의 형식으로 계몽주의의 관용 사상을 담고 있다.

레싱의 업적은 시민비극을 통해 비극의 지평을 넓힌 것뿐만 아니라 당시 조야한 수준에 머물러 있던 독일 희극을 크게 발전시켰다는 점에서도 높이 평가된다. 18세기 초, 독일의 희극과 극장 상황은 매우 열악했다. 독일의 연극계는 궁정의 귀족 계층을 위한 궁정 극장과 하층 서민들을 상대하는 유랑 극단으로 이분되어 있었다. 궁정 극장은 귀족의 후원으로 물질적 풍요를 누리면서 당시 귀족 계층이 선호하는 프랑스 연극과 이탈리아의 화려한 오페라를 공연하였고, 공연 목적은 궁정의 단순한 오락에 지나지 않았다. 주로 술집이나 노천의 가설 무대에서 이루어진 유랑 극단의 공연은 서민 관객의 욕구를 충족시키기 위한 과장된 사회정치극과 저속한 광대극으로 구성되었고 철저하게 상업적이었다. 따라서 연극의 예술적 가치는 관심의 대상이 될 수 없었다. 익살과 외설, 우스꽝스러운 광대의 즉흥 연기로 가득한 유랑 극단의 희극은 극 구성과 언어에 있어서도 거의 예외 없이 나타나는 무형식이 특징이었다. 18세기 중반까지 계속 이어진 이 같은 독일의 무대 현실을 레싱은 프랑스 연극계와 비교하여 다음과 같이 비판한다.

> "우리에겐 극장이 없다. 우리에겐 배우가 없다. 우리에겐 관객이 없다. (…) 독일 사람들은 가설 무대조차 갖고 있지 못하다. 프랑스인의 무대는 적어도 모든 대도시의 즐거움이다. 그러나 독일 대도시의 가설 무대는 천민의 조롱거리이다. 프랑스인은 적어도 자신의 군주와 모든 화려한 궁정, 국가의 위대하고 가치 있는 인물들, 순수한 세계를 즐겁게 해 주는 데 긍지를 느낄 수 있다. 그러나 독일인은 연극을 보려고 부끄러워하면서 가설 무대로 기어드는 얼마 안되는 소박한 연금생활자들에 만족할 수밖에 없다."

- 레싱, 『최신 문학에 관한 편지』, 제81번 편지

단순한 오락 수단에 불과했던 당시 독일 희극을 문학의 위치로 올려놓기 위한 노력은 레싱보다 앞서 당시 독일문학계를 주도하던 문예학자 요한 크리스토프 고트셰트(Johann Christoph Gottsched, 1700~1766)와 그를 중심으로 이루어진 작센 희극에서 찾을 수 있다. 고트셰트가 라이프치히에서 활동하면서 초기 계몽주의를 주도하게 됨에 따라 작센 지방은 그 시기 문학의 중심지가 되었다. 1740년대부터 1750년대 초에 이르기까지 약 10여 년 동안 독일 희극사에 특기할 만한 많은 희극이 창작되었는데 그 대부분은 작센에서 생겨났다. 따라서 이 시기에 나온 희극들을 '작센 희극'이라 부른다. 이 희극의 중심인물들은 풍자를 통해 조소의 대상이 되는 탐욕자, 사이비 학자, 게으름뱅이 등 상당히 전형화한 성격을 지닌다. 그렇기 때문에 작센 희극은 '전형 희극'이라는 특징을 갖는다. 이 전형성은 비이성적 인간의 결함을 드러내는 것으로, 계몽주의의 이성에 대한 믿음은 그 비이성적 면을 폭로하여 관객을 보다 쉽게 교육할 수 있는 장르로 희극을 요구했다. 희극은 비합리적인 면을 보다 명확하게 관객에게 인식시킬 수 있어 직접적이고 효과적인 교육 기능을 갖고 있는 장르로 인정되었던 것이다. 연극을 시민의 교육 수단으로 발전시키고자 한 고트셰트의 영향으로 작센 희극은 도덕의 개선과 교화를 목표로 했으며, 오락의 도구에 불과했던 유랑 극단의 즉흥 희극에서 벗어난 독일 희극의 새로운 시작을 의미하게 되었다. 이는 저속한 광대를 무대에서 추방하고 희극 언어의 수준을 끌어올리면서 독일의 새로운 희극 운동을 주도한 고트셰트의 연극개혁에서 비롯된 것이다. 고트셰트의 노력으로 독일 희극은 시민을 위한 연극으로 상승했고, 비판 대상으로서 등장인물 또한 하위 귀족으로 확장되는 등 그 지평이 확대되는 발전을 이루었다.

그러나 고트셰트의 희극론은 조롱적 풍자를 통한 교화에 집중하여 다

양할 수 있는 희극의 웃음이 조소로 한정되고, 여전히 시간과 장소의 통일을 준수하는 5막극, 최대 12명 이내의 등장인물 수 제한을 요구하여 경직된 형식에 머무는 한계를 보인다. 또한 다른 한편으로 그의 연극론은 너무 엄격한 규정을 고수하여 당시 무대 현실에 적합하지 못했고 그의 요구에 따른 연극은 관객의 호응을 얻을 수 없었다. 고트셰트의 극복과 계몽주의 희극의 완성은 결국 레싱에 의해 이루어진다.

레싱의 희극론 또한 고트셰트와 마찬가지로 도덕적 교화라는 목표에서 출발한다. 그러나 레싱의 희극은 단순히 악덕 행위의 풍자와 그에 대한 조소로 미덕을 강조함으로써 희극의 교화 효과를 실현하려는 고트셰트의 차원에 머물지 않는다. 고트셰트가 희극과 비극을 엄격하게 분리하고 이 두 가지 형식의 혼합을 부정하는 반면, 레싱은 당시 희극의 한 유형인 감동 희극을 수용하고 희극과 비극의 혼합 형태를 인정하여 희극의 차원을 끌어올린다.

> "익살극은 웃음만을 야기하려 한다. 눈물을 자아내는 희극은 단지 감동시키고자 할 뿐이다. 그러나 진정한 희극은 이 두 가지를 모두 목표로 한다. (…) 그렇다, 나는 감히 주장하는 바, 악덕과 마찬가지로 미덕도, 불합리한 것과 마찬가지로 합리적인 것도 묘사하는 희극만이 진정한 희극이다. 희극은 그 혼합을 통해서 독창적인 것에, 인간의 삶에 가장 가까이 갈 수 있기 때문이다."
>
> - 레싱, 『눈물희극 또는 감동희극에 대한 논설』

이 혼합 형태는 레싱의 자연관에 근거했다. 자연 자체는 일상적인 것과 고상한 것, 우스꽝스러운 것과 진지한 것, 즐거운 것과 슬픈 것이 혼합되어 있으므로 희극 또한 이를 반영해야 한다는 것이다. 레싱이 주장하는 혼합극의 형태는 바로 자연과 인간의 삶 자체에 연결되어 있다. 레싱은 자연 모방의 의미에서 형성되는 혼합 형태의 희극을 진정한 희극으로 간주하면서 저속한 익살극과 지나치게 진지한 희극의 두 양 극단 사이에서 중도를 유지하고자 하였다. 그에게 있어서 인간의 삶은 감동적인 것에서 우스운 것으로, 우스운 것에서 감동적인 것으로 넘어가는 끊임없는 과정이므로 희극은 이러한 인간의 삶을 비추는 거울이어야 했다.

레싱은 또한 희극의 웃음을 고트셰트의 의미로 해석하지 않는다. 그는 고트셰트의 좁은 희극관을 비판하며 다음과 같이 말한다.

> "우리가 희극에서 단지 도덕적인 결함에 대해서만, 또는 개선할 수 있는 악덕에 대해서만 웃어야 한다고 어디에 쓰여 있는가? 불합리한 모든 것, 결함과 실제 사이의 모든 대비는 우습다. 그러나 웃는다는 것과 조소한다는 것은 상당한 차이가 있다. 우리는 한 인간에 대해 웃을 수 있다. 때에 따라서 최소한 그 사람을 조소하지 않고 웃을 수 있는 것이다."
>
> - 레싱, 『함부르크 희곡론』

레싱에 따른 희극의 웃음은 고트셰트가 희극에 유효한 것으로 간주하는 조소의 차원을 넘어선다. 조소는 특정한 개인의 성격적 결함으로 말미암아 생겨날 수 있을 뿐이므로 상당한 제한성을 갖는다. 그러나 레싱이 말하는 웃음은 개인에 대한 제한적 조소의 차원을 넘어서는 다양한 상황에서 생겨날 수 있는 웃음으로 확대된다. 레싱이 인식하는 웃음은 고트셰트와 달리 묘사된 인간에 대한 최소한의 존중을 전제하고 있으므로, 고트셰트가 희극에 주장한 조소는 레싱의 입장에서 희극이 갖는 교화의 수단이 되지 못한다.

> "희극은 웃음을 수단으로 개선하고자 한다. 조소로 개선하려는 것이 아니다. 웃게 만드는 바로 그런 악행을 겨냥하는 것이 아니며 그 우스운 악행이 보이는 사람만을 겨냥하는 것은 더더욱 아니다. 희극의 진정한 보편적 효용성은 웃음 자체에 있다. 우스운 것을 알아보는 우리의 능력을 연습하는 데 있는 것이다."
>
> \- 레싱, 『함부르크 희곡론』

레싱의 희곡론은 희극성에 대해 상당히 객관적인 시각을 보여 준다. 희극이 인간의 결함이나 모자람을 비판과 개선의 대상으로 삼는다 하더라도 그 방식은 인간에 대한 조롱이 아니라 인간에 대한 존중을 전제로 한 비판적 웃음이다. 희극을 단순히 도덕적 교정 수단으로 간주한 고트셰트와 달리 레싱의 희극은 잘못된 인간의 태도를 인식하게 만들고 그에 따라 올바른 사회적 태도를 갖추도록 이끄는 사회적 예방 수단으로서 계몽의 기능을 갖는다.

레싱은 작가로서뿐만 아니라 문예론, 문학 평론 및 연극 비평 분야에서도 그 발전의 기틀을 마련한 인물이다. 조형 예술과 문학의 경계를 논하는 『라오콘』(1766), 공연 작품은 물론 극장 상황, 배우의 연기까지 비평한 평론집 『함부르크 희곡론』(1767~1769)은 문예론가, 평론가 레싱의 중요한 업적이다.

『젊은 학자』 — 지식인 비판의 전형 희극

『젊은 학자』는 청년 레싱이 라이프치히 대학 시절에 완성한 첫 번째 작품이다. 『젊은 학자』는 당시 희극의 특징이던 전형 희극 형식을 따른 풍자 성격이 강한 작품으로 1748년 1월, 라이프치히에서 카롤리네 노이버 극단에 의해 초연되었다. 『젊은 학자』는 줄거리와 시간, 장소의 통일성을 갖춘 3막 형식으로 고전적 극 형식을 지키면서도 이탈리아 희극인 코메디아 델 아르테(Commedia dell' arte)의 즉흥성, 비희극적인 진지한 인물의 활용으로 당시 희극 형식의 폭을 확장한 작품으로 평가할 수 있다.

라이프치히 학창 시절, 레싱이 체험한 학계의 어리석음은 풍자의 소재가 되기에 충분했다. 당시 라이프치히 대학생들은 학계의 인정을 받기 위해 많은 현상 응모 논문을 썼으며 베를린 아카데미는 이렇게 오만하기만 한 대학생들의 논문을 거부하였다. 레싱은 자신의 『문집』(1754), 3/4부 서문에 다음과 같이 쓰고 있다.

> "한 젊은 학자는 당시에 내가 모를 수 없었던 유일한 종류의 바보였다. 그 해충 밑에서 자랐으므로 내가 내 풍자의 무기를 바로 그것에 겨눈 것이 이상한 일이었겠는가?"

이 풍자의 대상은 『젊은 학자』에 다미스로 등장한다. 기본적인 인간성조차 갖추지 못한, 편협하고 껍질뿐인 천박한 지식인은 희극에 자주 등장하는 전형적인 비판 대상으로 다미스는 그 속성을 모두 갖춘 인물이다. 이제 겨우 스무 살임에도 라틴어, 그리스어, 히브리어, 프랑스어, 이탈리아어에 능통하다 자찬하는 다미스는 베를린 학술원에 단자론에 관련한 논문을 응모하고 학술상 수상을 확신하며 수상 통지를 기다린다. 그러나 논문 제출을 부탁받은 친구의 편지로 다미스는 단자의 의미조차 모르고 논문을 썼기에 그의 논문은 제출조차 되지 않았고, 그는 이미 조롱거리가 되어 있음이 밝혀진다. 극은 이 과정에서 다미스가 사이비 지식인, 속물에 불과할 뿐임이 점차 더욱 분명하게 드러나는 다양한 에피소드로 구성되어 있다.

다미스는 하인 안톤이 언어의 규칙을 모르니 독일어를 할 줄 모른다 하고 음식을 씹는 데 작용하는 여러 근육의 기능을 모르니 밥을 먹을 수 없다라 주장한다.(1막 1장) 다미스는 첫 장면부터 합리적 논리의 사고 능력이 없는 인물임이 밝혀진다. 이는 매를 드는 아버지를 때려도 된다는 논리에서도 드러난다. 자식을 때리는 아버지는 아버지가 아니라 공격자이므로 공격자는 자식이 때려도 된다는 주장이다. 더불어 다미스는 하인은 몸을 빌려주는 것이므로 주인이 하인을 구타해도 된다는 논리를 편다.(2막 4장) 다미스는 비합리적 주관으로 모든 것을 규정하는 임의적 논리만 지니고 있을 뿐이다. 다미스의 학식은 전문 용어의 나열에 불과하다. 최고의 언어학자임을 자처하는 그는 언어로 인해 웃음의 대상으로 전락한다. 그는 자신의 결혼 축시를 스스로 지으면서 Epithalamium(결혼 축시)이란 외국어를 안톤에게 설명한다. Epithalamium이 무엇이냐는 안톤의 질문에 그는 같은 의미의 다른 외국어 단어인 Thalassio와 Hymenaeus로만 답하며 달리 설명하지 못한다. 또한 다미스는 결혼 축시에 해당하는 모국어인 독일어 단어 Hochzeitgedicht가 같은 의미의 다른 외국어에 비해 빈약하게 들린다고 주장한다.(3막 15장) 모국어를 경시하는 학자의 행태는 다미스의 모습을 통해 조소의 대상이 된다. 이와 더불어 극 전반에 걸쳐 드러나는 다미스의 헛된 명예욕은 소크라테스의 아내가 악처였다고 알려진 것과 관련하여 자신도 그런 학자의 수를 늘리기 위해 악처와 결혼해야겠다 말하는 장면에서 단적으로 희화화되며(2막 14장), 클레오파트라가 가슴이 아닌 팔을 독사에 물렸다는 사실을 증명했다는 그의 주장(3막 4장)에서는 무의미하고 가치 없는 연구 행위에 대한 풍자가 나타난다. 이같은 몇 가지 예에서 볼 수 있듯, 다미스는 합리적 사고의 결여, 교만과 명예욕, 사회를 위한 기여와는 상관없는 무용한 학문, 편협성, 모국어 경시 등 소위 사이비 지식인의 모든 속성이 결합되어 있는 전형적 인물이다. 다미스는 비판적 웃음의 대상인 대표적 전형의 하나로 사회적 비판를 기반으로 하는 풍자 희극의 특성을 강화하는 기능을 갖는다.

응모 논문으로 사회적 인정을 받으려는 다미스의 시도는 실패한다. 결국 그는 자신을 인정해 주지 않는 사회, 조국 독일을 떠나기로 결심한다. 이는 완전히 부정적인 결말로서 보통 고전 희극에서 볼 수 있는 화해나 행복의 결말과는 거리가 멀다. 막이 내리기 전, 다미스는 하인 안톤과 헤어지는 가운데 학자의 가면을 쓰고 있던 자신의 본성을 드러낸다. 다미스는 학자로서 가장 밀접한 정신적 관계를 맺고 있는 책을 안톤에게 집어던진다. 책을 집어던지는 행위는 그가 진정한 학자가 아님을 분명하게 상징하며 그의 결함을 폭로한다. 보통 고전 희극의 규칙이라 할 행복한 결말의 자리를 신랄한 조소로 대체하는 이같은 부정적 결말 형식은 당시로서는 새로운 시도라 할 수 있다.

인물의 전형성은 다미스의 아버지 크리잔더에게서도 볼 수 있다. 크리잔더는 욕심많고 계산적인 상인의 전형으로 『젊은 학자』가 갖는 전형 희극의 특성을 더욱 강화한다. 크리잔더는 사망한 친구의 딸인 율리아네의 후견인으로 율리아네를 보호해 왔다. 그는 적지 않은 유산을 상속받게 된 율리아네를 다미스와 결혼시키려 한다. 그 계획의 근본 이유는 결국 돈에 대한 욕심이다. 그러나 그 시도는 당사자인 다미스의 반대와 율리아네의 하녀 리제테의 계략으로 쉽게 이루어지지 않는다. 원래 율리아네와 그 연인 팔러를 맺어 주고자 하는 리제테는 변호사의 편지를 율리아네의 유산상속이 불가능하다는 내용으로 위조하고, 그 편지를 본 크리잔더는 곧바로 태도를 바꾸어 율리아네를 팔러에게 허락한다. 크리잔더는 이 같은 변심을 아들의 의사를 존중한다는 구실과 율리아네의 보호자로서 갖는 도덕적 이유로 합리화한다. 그러나 율리아네가 레제테의 속임수를 알고 크리잔더에게 모두 털어놓자 크리잔더는 다시 생각을 바꾸고 아들과의 결혼을 성사시키고자 한다. 이 과정에서 팔러가 율리아네의 유산상속권을 양도하고 자기 재산의 반을 넘겨주겠다고 약속하자 크리잔더는 다시 변심하여 율리아네와 팔러의 결혼에 동의한다. 그가 이처럼 이익을 계산하고 태도를 바꾸는 행위는 과장되게 묘사되고 풍자적으로 폭로된다. 크리잔더는 교활하고 술수에 능한 상인으로서 철저하게 현실적이고 세속적이며 허세에 찬 시민 유형이다. 크리잔더의 허세는 불필요하게 라틴어를 섞어 쓰는 습관을 통해 단적으로 드러난다.

다미스의 하인 안톤과 율리아네의 하녀 리제테는 결함이 있는 주인을 유연한 사고와 재치, 뻔뻔함으로 지배하고 교훈을 주는 인물이다. 주인과 하인의 주종 관계를 전도하여 비판 대상을 명확하게 드러내고, 더불어 희극적 효과를 높이는 인물 구성은 유럽 고전 희극의 전통석 형식이다. 안톤과 레제테는 주인보다 우위에 위치하여 교훈을 주는 역할과 더불어 서로 밀고 당기는 사랑싸움을 하는 관계로 설정되어 희극적 재미를 더하는 효과의 기능도 갖는다. 통상 사회적으로 상위에 있는 인물이 결함으로 인해 하위의 인물로부터 공격당해 비판적 웃음의 희생자로 전락하는 극 구성은 『젊은 학자』에서도 기본 형식으로 드러난다. 웃음 대상이 되는 희생자에 대한 공격은 그것이 일상에서는 용인되지 못하는 것이라 하더라도 희극에서는 오히려 관객과 독자가 응원하는 행위가 된다. 그 행위는 잘못된 것을 개선하기 위한 적극적 시도로 수용되기 때문이다.

안톤은 다미스의 미성숙함과 헛된 학문적 교만을 명확하게 간파하고 있다. 안톤은 이미 첫 장면에서부터 자신을 막 대하는 다미스에게 "도련님은 모든 걸 다 읽으셨죠. 예절책만 빼고 --"(1막 1장)라 비아냥대는가 하면, 크리잔더에게 아들이 진정한 학자가 아님을 재치 있게 폭로한다.

안톤 젊은 학자의 생각을 알려고 하는 것, 그리고 그렇게 해서 뭔가 짐작해 내려는 건 불가능해요. 그리고 불가능한 건 -- 어르신 -- 불가능한 거죠.

크리잔더 어째서?

안톤 아드님은 생각이 전혀 없으시니까요.

크리잔더 전혀 생각이 없어?

안톤 없어요. 아니, 전혀 생각이 없는 게 아니라 매 순간 생각이 달라지죠. 아드님이 읽는 책이나 글은 바람이에요. 그 바람에 따라 아드님 생각의 방향이 줏대 없이 바뀌거든요. (…)

(1막 6장)

이 같은 안톤의 간접적인 공격은 수없이 되풀이되며 희극의 효과를 높인다. 다미스는 안톤에 의해 자신의 약점을 스스로 폭로하게 된다. 다미스는 마지막까지 안톤이 주는 교훈에도 불구하고 자신의 결점을 깨닫지 못한다.

안톤 (…) 아니에요? 그러면 작별입니까? 다행이네! 이제 도련님한테 드리는 작은 교훈도 받으시죠. 저는 삼 년 넘게 도련님의 어리석음을 봐왔습니다. (…)

다미스 창피한 것도 모르는 바보 같은 놈, 내 눈앞에서 꺼져.

안톤 그렇다면! 충고받을 생각이 없다면 도움받을 자격도 없는 법이죠. 평생 학식 있는 다미스 도련님으로 사세요! (퇴장한다)

다미스 꺼지라고 했다, 안 그러면 --

(안톤을 향해 책을 집어던진다. 막이 내린다.)

(3막 마지막 장)

율리아네의 하녀 리제테는 안톤보다 한 수 위에 있다. 리제테는 안톤과 함께 다미스의 결점을 폭로할 뿐만 아니라 크리잔더의 금전욕을 간파하고 능란한 술책으로 그의 계획을 방해한다. 또한 율리아네가 자신의 주체성을 지키지 못하고 크리잔더에게 받은 은혜만 생각하여 그가 요구하는 대로 다미스와 결혼하려는 과도한 도덕 관념을 비판한다. 율리아네를 사랑하면서도 적극적인 행동을 하지 못하는 팔러의 우유부단함을 질책하는 것도 리제테이다. 리제테는 합리적인 오성(悟性)이 중요함을 일깨운다.

팔러 포기하고 싶군! 율리아네가 날 여전히 사랑하는지 불확실하니 -

리제테 불확실? 남자들이란 다 그렇게 납득시키기가 어려운가요? 남자들이란 사랑이 조금만 달궈 놓으면 곧바로 화만 내고 믿지 못하는 사람이 되나요? 팔러 씨, 변덕은 가게 내버려둬요. 아니면 전 또다시 웃어야 할 거예요. 차라리 팔러 씨가 가진 오성에 집중해서 뭔가 좀 짜내 봐요. (…)

(2막 2장)

주인의 결점을 비판하고 웃음을 통해 개선하려는 지배의 위치에 있는 인물은 하인인 안톤과 리제테이다. 인간의 건전한 합리적 이성은 주인보다 오히려 하인에게 나타난다.

희극 『젊은 학자』의 인물 구성에서 특별한 점은 비희극적인 진지한 인물의 배치이다. 팔러와 율리아네가 이에 해당한다. 팔러는 율리아네를 사랑하는 인물로서 그녀를 대하는 태도와 세상을 살아가는 그의 인생관은 진지한 성격을 갖는다. 희극에 있어서 우스움과 진지함의 혼합 형식을 자연스러운 삶의 모습을 묘사하기 위한 극 형식으로 본 레싱은 이미 자신의 첫 작품에 팔러라는 비희극적 인물을 등장시킴으로써 자신의 이론을 실험한다.

팔러는 현실에 적합한 합리적 사고를 하는 인물이다. 다미스가 학식의 교만에 빠져있는 반면 그에게는 학업을 마친 후 평범하게 살아가는 시민적 인물상이 보인다. 팔러는 시민의 질서 안에서 자신을 확인하고 있는 존재이며 긍정적인 자세로 삶을 살아가는 정상적인 시민 유형이다. 자신이 완벽한 학식을 소유하고 있다고 착각하는 다미스와 같은 인물은 팔러에게 어리석은 인간일 뿐이다.

팔러 (…) 할 수 있는 한 멍하게 오로지 책에만 집중하는 것이 학식이 있다는 인상을 준다는 이상한 망상에 사로잡혔던 때를 지금도 잘 알아. (…) 자넨 자네의 학식 얘길 하는데, 난, 용서하시게, 자네의 어리석음을 얘기하려 했지. (…) 대단하군! 자네 몸은 아직도 자네 나이만큼 아직 다 자랐다고 할 수 없어. 그런데 자네는 자네 정신이 이미 완성됐다고 믿나? (…) 자넨 그저 비웃는 것밖에 몰라, 내 경쟁자 선생!

(3막 7장)

팔러는 성격과 사고방식에 있어서 다미스와 뚜렷한 대조를 이룬다. 팔러를 통해 다미스의 결함이 더욱 뚜렷하게 드러남으로써 이 희극이 갖는 교육적 효과는 상승된다. 레싱이 팔러와 같은 비희극적 인물을 등장시키는 것은 예방 수단으로서의 희극 기능을 확보하기 위함이다. 『젊은 학자』는 팔러를 통해 "우리가 해야 할 것 또는 허락해야 할 것을 가르치려는 의도, 선과 악, 그리고 합리적인 것과 우스꽝스러운 것의 본래 특징을 우리가 인식할 수 있도록 하려는 의도"(레싱, 『함부르크 희곡론』)를 분명히 나타낸다.

율리아네는 자신의 절대적이고 이상적인 도덕관념으로 인해 현실 인식이 부족한 고립된 존재로 보인다. 율리아네는 크리잔더가 자신을 다미스와 결혼시키려 하는 원래 의도를 알려고도 하지 않으며 단지 자신을 보호해 주고 키워 준 크리잔더에 대한 고마움에 보답하기 위해 자신의 사랑마저 포기하려 한다.

율리아네 그래요, 팔러, 결심이 섰어요. 전 그분께 너무도 많은 빚을 지고 있어요. 그분은 선행을 베푸셨으니 저에 대해 제일 큰 권리가 있어요. 어떤 대가를 치르더라도 전 결혼을 해야 해요. 크리잔더 아저씨가 원하시니까요. 아니면 사랑을 위해 그 고마움을 저버려야 할까요? 당신은 고결한 사람이에요, 팔러, 당신과 교제하면서 더 기품 있게 생각하는 법을 배웠어요. 당신한테 가치 있어 보이기 위해서라도 전 행복을 포기하고 의무를 다해야 해요.

(2막 1장)

이는 크리잔더의 저의를 알고 있는 리제테의 말처럼 "기막힌 도덕"(2막

1장)이다. 율리아네는 유연하지 못한 절대적 도덕관념에 수동적으로 머물러 있으며 그 억압에 저항할 용기를 갖지 못한다. 율리아네는 다미스와의 결혼을 거부할 수 없는 운명으로 간주한다. 진정한 사랑에서 나오는 팔러의 설득도 율리아네의 도덕관을 변화시킬 수 없다. 그녀의 고지식한 태도는 팔러와의 사랑 관계를 더욱 어렵게 만든다. 율리아네의 결점을 인식한 팔러는 위조 편지로 크리잔더를 속이려는 리제테의 계략에 가담할 수밖에 없다. 리제테의 계략이 일시적으로 성공되는 듯 하는 상황에서 팔러는 또다시 생겨날 수 있는 크리잔더의 술수를 염려하여 율리아네에게 멀리 도망갈 것을 제안하고 그녀의 수동적 태도를 일깨워 주고자 한다.

팔러 (…) 간청할게, 율리아네, 날 사랑한다면 오늘 나와 함께 이 위험한 집을 떠납시다. 더 이상 그 변덕스런 늙은이의 포악함이나 그 째째한 젊은 놈의 미친 짓에 자신을 내맡기지 말아요. 그리고 너무 자상한, 연약한 사고방식을 버려요. (…)

(3막 9장)

그러나 팔러의 간곡한 부탁마저 율리아네의 경직된 사고를 바꾸지 못한다. 결국 팔러와 율리아네의 사랑은 다미스가 그녀를 포기하고 팔러가 크리잔더에게 율리아네의 유산과 자신의 재산 절반을 넘겨줄 약속을 함으로써 이루어진다. 율리아네 자신의 적극적 행동을 통해서가 아니라 외적 요인을 통해 사랑을 얻는다. 율리아네의 경직성은 그것이 있을 수 있는 과도한 도덕관이기에 가혹한 조소의 대상이 되기 보다는 동정의 대상에 가깝다.

『젊은 학자』에서는 또한 레싱의 탁월한 희극적 언어 기교가 나타난다. 희극에서 언어는 비판의 웃음과 즐거움의 웃음을 만들어 내는 핵심 요소이다. 극 전반에 걸쳐 안톤을 통해 나타나는 위트가 두드러지는 가운데 단어의 반복, 언어의 이중 의미 사용 등은 상황이 만들어 내는 희극성과 함께 웃음을 이끌어 내는 적절한 효과를 발휘한다. 리제테가 다미스로 하여금 율리아네와의 결혼을 포기하도록 만들기 위해 율리아네에 대한 악담을 늘어놓는 장면은 반복과 상황의 상승으로 희극적 효과가 나타나는 적절한 예이다.

다미스 진심으로, 리제테, 네 아가씨가 정말 악처가 될 거라고 진짜 믿는 거야? 정말 성질이 나빠?

리제테 나쁘냐구요? 좋은 건 다 빼고 사람들이 가질 수 있는 나쁜 성질은 다 갖고 있죠. 예외 없이.

다미스 쭉 대 보지 않을래?

리제테 어디서 시작해야 하나? - 어리석어요 --

다미스 별거 아냐!

안톤 제가 말하죠, 거짓말이에요!

리제테 잔소리가 심해요 --

다미스 별거 아냐!

안톤 제가 말하죠, 거짓말이에요!

리제테 생각이 없어요 --

다미스 별거 아냐!

안톤 거짓말! 제 말은.

리제테 가정을 돌볼 능력이 없어요 --

다미스 별거 아냐!

안톤 거짓말!

리제테 심한 사치로, 끊임없는 유흥과 음식을 탐해서 도련님이 가진 걸 다 축낼 거예요 -

다미스 별거 아냐!

안톤 거짓말!

리제테 도련님한테 걱정뿐일 자식들을 주렁주렁 매달아 줄 거예요 -

다미스 별거 아냐!

안톤 그건 최고의 여자들이 제일 처음 하는 일이지!

리제테 하지만 씨 다른 자식들 걱정인 걸요.

다미스 별거 아냐!

안톤 별거 아냐가 유행인가 보네!

(2막 11장)

리제테의 말만 내용의 변화를 보여주며 다미스와 안톤은 "별거 아냐"와 "거짓말"이라는 단순한 단어만 반복한다. 대화는 반복되는 단어와 함께 기계적으로 전개된다. 반복과 기계성은 희극성을 높이는 기본적 요소이다. 또한 언어가 갖는 이중 의미는 희극에서 자주 사용되는 중요한 요소이다. 레싱은 언어의 이중 의미를 이용하여 희극성을 강화할 뿐만 아니라 이를 풍자의 도구로 이용한다. 다미스는 2막 4장에서 학자들 간의 지적 교류와 유대를 의미하는 것으로 "학자 공화국"이라는 말을 사용한다. 그러나 안톤은 그 상징적 의미를 무시하고 그 공화국이 어디에 있느냐 묻는다. 엉뚱한 그의 질문에 다미스는 학자 공화국이란 어디에나 있다고 답하자 안톤은 "어디에나? 그럼 그건 바보 공화국과 한곳에 있나요? 사람들이 제게 말해 줬는데요, 그것도 어디에나 있대요."라 반문한다. 결국 안톤의 대답은 다미스와 같은 학자는 바보라는 말이다. 안톤의 말은 재치 있는 위트로서 배운 것 없는 하인 안톤이 학자인 주인 다미스보다 지적으로 우위에 있음을 나타낸다. 위트는 웃음을 이끌어 내는 지적인 언어 형식으로 정곡을 찌르는 것이 핵심인 세련된 언어이다. 학자는 바보라는 숨은 의미로 안톤은 다미스가 갖고 있는 결함의 정곡을 찌른다.

『젊은 학자』는 인물의 전형성을 이용하여 웃음을 통한 비판의 대상을 분명히 하고 적절한 희극적 언어 기법을 활용한 전통적인 고전 희극의 특성을 갖춘 작품이다. 채 스무 살이 되지 않은 청년 레싱의 첫 작품이지만 이 희극은 습작의 수준을 넘어서는 작품으로, 일차원적인 웃음이 아니라 인간의 결함을 폭로하고 개선을 요구하는 삶의 거울로서 희극 본연의 기능인 사회 비판적 기능을 수행한다. 레싱은 진정한 학문의 자세와 더불어 합리적인 사고, 유연한 삶의 태도 등 사회와 화합하며 살아야 할 사람의 올바름에 대해 묻는다. 지식인 풍자와 함께 이러한 주제 또한 현시대에도 보편성을 갖는 것으로 『젊은 학자』는 여전히 시의성이 크고 공연 가능성이 충분한 고전 희극이라 할 수 있다.

이 책은 *Lessings Werke,* hrsg. v. Kurt Wölfel in 3 Bänden, Bd. 1, Frankfurt a. M. 1967, pp. 49-132.를 참고하여 번역하였다.

발간사

한국외국어대학교 외국어문연구센터와 지식출판콘텐츠원은 '세계인문고전' 총서를 기획하여 우리 삶의 정신적 토대가 되는 세계의 주요 인문학 고전을 번역, 간행합니다.

"고전"은 단순히 오래된 옛 문헌이 아니라 우리 현대 사회에 인간 존중의 보편적 가치를 보다 심화하고 확대할 수 있는 인문학의 높은 정신을 담은 글을 의미합니다. 그렇기 때문에 '세계인문고전'은 그 고전의 가치를 확보한 것이라면 현대 작품도 포함하고자 합니다.

또한 문학뿐만 아니라 언어학, 통번역학, 역사학, 철학 등 모든 인문학 분야 작품과 함께 이론서까지 그 대상으로 삼아 고전의 지평을 넓히게 될 것입니다.

이미 고전으로 평가되는 많은 도서들이 번역되어 있습니다. 그러나 고전은 시대에 따른 언어의 변화에 상응하여 현대 독자에게 맞는 새로운 번역이 꾸준히 이어져야 합니다. 그 과정에서 고전은 새로운 시대에 새롭게 다시 살아날 것입니다. 이는 나날이 눈에 보이는 실용적 가치만 부각

되고 있는 현시대의 가벼움에 맞서 인간을 중심으로 한 정신적 위의(威儀)를 지키는 매우 중요한 일입니다. 외국어문연구센터와 지식출판콘텐츠원은 그 의미있는 작업을 적극적으로 추진하고자 합니다.

세계인문고전 총서 발간은 세계 주요 언어를 기반으로 하는 학문의 중심 역할을 맡고 있는 한국외국어대학교만 실천할 수 있는 일이며, 학문에 대한 대학의 본질적 기능을 다시금 깊이 생각하게 될 의미있는 기획입니다. 이에 큰 관심과 적극적인 참여를 부탁드립니다.

2025년 1월

한국외국어대학교 외국어문연구센터장 정민영

한국외국어대학교 지식출판콘텐츠원장 박연관

세계인문고전 02

젊은 학자

초판 인쇄	2025년 8월 22일
초판 발행	2025년 8월 29일
지은이	고트홀트 에프라임 레싱
옮긴이	정민영
발행인	박정식
기획	신선호
편집장	장혜정
도서편집	박미현
디자인	고지연
출판행정	김가은
경영기획	김세희
인사행정	유빈
재무회계	곽순석 김세아
캐릭터	김세원
발행처	한국외국어대학교 지식출판콘텐츠원 02450 서울특별시 동대문구 이문로 107 전화 02)2173-2493~7 FAX 02)2173-3363 홈페이지 http://press.hufs.ac.kr 전자우편 press@hufs.ac.kr 출판등록 제6-6호(1969. 4. 30)
표지 디자인	엔드디자인 02)338-3055
인쇄·제본	(주)케이프린텍 02)2272-1084

ISBN 979-11-7199-315-4 (03850) **정가** 18,000원

이 책은 2024년도 한국외국어대학교 교내학술연구비 지원을 받아 출판되었습니다.

* 잘못된 책은 교환하여 드립니다.

HUEBOOKS는 한국외국어대학교 지식출판콘텐츠원의 인문학도서 Sub Brand이다. 한국외대의 영문명인 HUFS, 사람을 위하는 Humanism, 교육의 Education, 색조의 Hue의 다의적인 뜻으로 해석할 수 있으며, 인문학도서 출판에 대한 의지가 담겨있다.